Kleingläubig

von

Franz Dietrich

Herstellung und Verlag:
BoD - Books on Demand, Norderstedt
ISBN 978-3-7448-8941-4

ZEIT IM STRANDKORB

Nach fünfzig Jahren, beginnt das Leben eines Mannes schleichend etwas bröselig zu werden. Es schleift sich an den Kanten ab, wie alter Sandstein, der zu lange der Witterung ausgesetzt ist. Im Kern noch fest, verliert es Zusehens an Form, wird langsam unansehnlich und leider auch unerträglich.

Der fünfzigste Geburtstag ist daher kein Festtag. Wer ihn als Mann mit einem rauschenden Fest begeht, ist entweder total beknackt oder mathematisch unterbelichtet. Conrad Stadler war weder das Eine, noch das Andere. Er sah die Dinge realistisch. Sein Leben war zu Zweidrittel abgelebt, der Rest, bröselig und abgeschliffen, musste mit Vorsicht angegangen werden. Statt ordentlich mit dem faltigen Arsch zu wackeln, kündigte er, ohne nähere Angaben von zwingenden Gründen, seinen Job bei der Oberfinanzdirektion, der ihn mehr als dreißig Jahre über Wasser gehalten hatte. Mehr aber auch nicht. Von einem erfüllten Arbeitsleben, pflichtbewusst, korrekt und mit Hingabe bewältigt, konnte keine Rede sein. Er hatte dreißig Jahre funktioniert, wie der Kaffeeautomat in der Kantine.

Neunzig Tage vor seinem fünfzigsten Geburtstag hatte er mit dem gleichen, nur vorgetäuschten Pflichtbewusstsein das in dreißig Jahre über Wasser gehalten hatte, seine langjährige Freundin auf die Straße gesetzt, seinen Vater zu Grabe getragen und sein Erbe in Form eines zweistöckigen Mietshauses angetreten. Er nahm eine der sechs Wohneinheiten für sich selbst in Anspruch, renovierte sie nach seinen Vorstellungen und übertrug den Rest des Hauses einer Maklerfirma mit zweifelhaftem Ruf. Seine langjährige Freundin verschwand in einem Möbelwagen, sein Vater (ein tyrannischer Nach-kriegstyp mit straffen Prinzipien), endete gottgewollt unter zwei Tonnen Marmor. Ein friedliches Ende für einen Mann, der ihn lebenslang mit dämlichen Weisheiten gequält hatte, stellte Conrad erleichtert fest.

Seine fristlose Kündigung wirbelte weniger Staub auf als ein Kinderpups. Conrad war nicht das Ass der Abteilung, als Mitarbeiter des Monats hatte er des-halb nie zur Debatte gestanden. Sein Schreibtisch war immer sauber und aufgeräumt gewesen, fein geordnet wie sein restliches Leben, über das seine Kollegen nur wenig wussten. Er war stets freundlich gewesen, aufmerksam, zurückhaltend und nie auf Kollisionskurs. Der Verlust, den Conrads Abgang hinterließ, war nicht erwähnenswert.

Alter Schreibtisch, neuer Mitarbeiter, Deckel drüber.

Am letzten Arbeitstag schüttelte Conrad ein paar Hände, gab seine Identitätskarte zurück und pinkelte heimlich in einen monströsen Blumentopf.

Nach gelungener Flucht aus staatlicher Obhut, gönnte er sich eine Woche Urlaub an der Ostsee. Jeder andere Platz auf dieser Welt wäre ihm ebenso willkommen gewesen. Das Hotel in der Nähe von Stralsund hatte seine Aufmerksamkeit erregt, weil es Ruhe und Erholung versprach. Ideal, so sagte man ihm im Reisebüro, den Kopf frei zu bekommen. Genau das was er wollte. Noch hatte er manchmal das dringende Bedürfnis in weitere monströse Blumentöpfe zu pinkeln. Ein kleines Laster, das dem Ex-Mitarbeiter einer deutschen Oberfinanzdirektion, nicht sonderlich gut zu Gesicht stand. Er unternahm lange Spaziergänge, folgte unauffällig alleinstehenden Frauen und würzte seinen Nachmittagskaffee mit einem kräftigen Schuss Amaretto. Am Abend erzählte er den alleinstehenden Damen von seinen langen Spaziergängen, wechselte von Amaretto zu Gin Tonic und stahl sich mit dem Hinweis, er sei ein glücklich verheirateter Ehemann, aus jeder weiteren Verantwortung.

Seine Ambitionen Verantwortung zu übernehmen, waren nie sonderlich ausgeprägt gewesen. Einer der Gründe, weshalb er nie geheiratet und ein halbes Dutzend Kinder in die Welt gesetzt hatte. Mit fünfzig Jahren irgendetwas daran ändern zu wollen, machte wenig Sinn.

Auf einem seiner langen Spaziergänge, stieß er auf einen Laden der gebrauchte Strandkörbe verkaufte. Er ging hinein, fand ein Exemplar mit blau-weißer Musterung und erstand es zu einem sensationellen Sonderpreis. Lieferung frei Haus, innerhalb von sieben Tage, garantiert weniger als zwei Jahre im Gebrauch, versprach der angedudelte Verkäufer. Conrad glaubte ihm, trotz der deutlichen Alkohol- fahne. Er leistete eine minimale Anzahlung, ertrug abends den Spott der alleinstehenden Damen und erfreute sich seines neuen Lebens.

Nach sieben Tagen setzte er sich in ein zwanzig Jahre altes Mercedes Kabriolett und fuhr zurück in seine frisch renovierte Wohnung im Zentrum einer Kleinstadt nördlich von München. Seine Abreise wirbelte noch weniger Staub auf, als sein nüchterner Abgang aus der Oberfinanzdirektion. Außer einer alleinstehenden Dame aus Zimmer Vierundzwanzig im ersten Stock und der rothaarigen Hupe an der Rezeption im Erdgeschoss, nahm niemand Kenntnis davon.

Der Weg zurück in ein Leben, das nicht an den Kanten abgeschliffen wurde wie verwitterter, alter Sandstein, fiel Conrad Stadler überraschend leicht. Dreißig Jahre Stallgeruch ließen sich natürlich nicht von heute auf morgen in Jasminduft verwandeln. Der Alltag roch auch in seiner frisch dekorierten Wohnung nach Pflicht, Ehre und Kaffeemaschine. Seit er ins Singlezeitalter abgetaucht war, roch es außerdem hin und wieder nach verpasster Müllentsorgung, Waschmaschine und antibakteriellen Schimmelreiniger. Der Kampf mit Mindesthaltbarkeitsdaten wurde zur alltäglichen Bedrohung. Manchmal gewann, manchmal verlor er den Kampf.

Langsam nahm sein Leben verschleißfreie Formen an.

Vier Tage nach Rückkehr aus dem Urlaub, wurde der Strandkorb geliefert. Er fand seinen idealen Platz auf dem überbreiten Balkon, nahe der Glasfront zum Wohnzimmer, leicht schräg ausgerichtet um freies Sichtfeld zur Domkirche hinauf zu haben. Erste Tests verliefen überaus zufriedenstellend. Der gewählte Standort erwies sich als windresistent, geräuscharm und größtenteils uneinnehmbar für neugierige Nachbarn. Trotzdem zog der nur bis zur Hälfte sichtbare Strandkorb, wie selbstverständlich die Aufmerksamkeit des Viertels auf sich. Einmal entdeckt, wurde er über lange Tage hinweg zur absoluten Attraktion. Manche Beobachter schüttelten verständnislos den Kopf, andere dachten womöglich an ihr eigenes, abgeschliffene Leben und lächelten zustimmend. Conrad Stadler genoss ihr Interesse mit Zurückhaltung. Er war dreißig Jahre im Kreis gelaufen und musste sich erst an die neue Laufrichtung gewöhnen.

Nachdem die Aufregung um den Strandkorb wichtigeren innenpolitischen Themen gewichen war (zum siebten Mal in wenigen Jahren, stand der Verantwortliche für den Bau der Westumgehung vor dem Rauswurf), zelebrierte Conrad in einer lauschigen Nacht Richtfest für den neuen Strandkorb. Einziger Gast: Er selbst. Als kulinarischer Höhepunkt des Abends, wurde nach Einbruch der Dunkelheit eine Flasche Rotwein aus Südafrika und eine aufgepimpte Pizza mit zerkrümelter Salsicca, Chilischoten, roten Zwiebeln, Mozzarella und Oregano gereicht. Aufgrund einer zweiten Flasche Wein, dauerte das Fest beinahe die ganze Nacht. Der Kater am nächsten Tag dauerte etwa bis Mittag.

Ein schmerzhafter Teil der neuen Laufrichtung, an die er sich erst gewöhnen musste.

Wieder in Form gebracht, stellte er sich seinen Mietern als neuer Hausherr und Vermieter vor. Da er wenig Kontakt zu seinem verstorbenen Vater gepflegt hatte, war er den Meisten völlig unbekannt. Einigen war er während der Renovierungsarbeiten schon kurz über den Weg gelaufen. Mehr als ein flüchtiger Gruß unter Zufallsbekanntschaften war dabei nicht ausgetauscht worden. Sein Vater Maximilian Stadler, war Zeit seines Lebens ein überzeugter Eigenbrötler gewesen. Nur in den kurzen vier Jahren, in denen er mit Conrads Mutter verheiratet gewesen war, hatte er hin und wieder kurz über den Tellerrand hinausgelinst. Offenbar hatte er seine Mieter in ähnlich zurückgezogenen Kreisen gesucht und gefunden. Ehepaar Seifert, seine Flurnachbarn auf der rechten Seite, lebte lautlos wie ein kaputtes Fernsehgerät. Kein einziger lauter Ton drang je aus ihrer Wohnung, keine Tür knallte, kein zänkisches Gezeter und auch kein guter alter Rock`n Roll.

Im ersten Stockwerk residierte Zahnarzt Doktor Kleist, nebst Papagei Nepomuk und Putzfrau Swetlana aus Kasachstan. Kleist und Nepomuk waren Dauergäste, Swetlana kam zweimal die Woche. Der weitaus unterhaltsamste Teil des Trios war der Papagei. Er beherrschte mehr deutsche Wörter als die Putzfrau und legte in seinem Käfig in einer Stunde mehr Meter zurück, als Doktor Kleist an einem ganzen Wochenende zwischen Hausbar und

Kleiderschrank zustande brachte.

Gegenüber logierten zwei ältere Schwestern, die mit dem Adjektiv *älter* noch gut bedient waren. Maria und Sebastiana Popp hielten sich mit Hilfe von täglich angebotenen Quizsendungen auf diversen Fernsehkanälen und der massenhaften Einnahme leistungsstärkender Präparate aus dem Drogeriemarkt, halbwegs bei akzeptablem Verstand. Sebastiana war in jüngeren Jahren Nonne gewesen, ehe man sie wegen Unzucht mit einem rosaroten Dildo aus dem Konvent geworfen hatte.

Im Erdgeschoss waren ein Architekturbüro und ein Nagelstudio untergetaucht. Beide mit befristeten Mietverträgen über zehn Jahre, von denen vier schon abgelaufen waren. Architekt Waclaw Grzyl – die korrekte Aussprache lautete *Gschill* – war vor Jahren aus Polen zugezogen, legal und ohne weite Umwege über irgendein Auffanglager. Er war spezialisiert auf Rundbauten wie Futtersilos oder Wassertürme.

Das Nagelstudio war fest in asiatischer Hand. Wie ein Blick in die Bücher zeigte, bezahlte Familie Lo ihre Miete pünktlich und machte auch sonst keinen nennenswerten Ärger. Lediglich die Anzahl der Personen, die über die Adresse des Nagelstudios ihre Post zugestellt bekamen, gab hin und wieder Rätsel auf. Vielleicht die asiatische Form eines verschleißfreien Lebens, das nicht an den Kanten abgeschliffen wurde.

Die laufenden Mieteinnahmen garantierten Conrad Stadler ein sicheres Einkommen. Dreißig Kilometer nördlich von München und vermutlich noch weit darüber hinaus, wurde aus Einkommen sprachlich ein Auskommen. Warum auch immer. Conrad war es egal, er plante weder eine sündhafte teure Weltreise, noch die Anschaffung des neuesten Kraftprotzes mit Stern auf der Motorhaube, noch ein zunehmend beliebter werdendes kleines Spielchen mit Spekulationspapieren jeglicher Art und Herkunft. Ob nun Ein- oder Auskommen, nach dreißig Jahren staatlicher Abhängigkeit, befand er sich plötzlich unerwartet auf der finanziellen Überholspur und nur das war wichtig. Das Schleifen an den Kanten seines Lebens hörte nicht gänzlich auf, aber es wurde erträglicher.

Gesegnet mit einer Menge Freizeit und einem

Bankkonto das regelmäßig befüllt wurde, verging der erste Sommer mit ausgedehnten Erkundungstouren durch die Stadt und langen Wanderungen über blühende Wiesen, vorbei an goldgelben Getreidefeldern und eingezäunten Viehweiden. In unbeobachteten Momenten knallte er manchmal einen spitzen Stein auf das breite Hinterteil einer Milchkuh, die verärgert im gestreckten Galopp das Weite suchte. In beobachteten Momenten hingegen, ließ er spitze Steine unangetastet liegen, wischte sich den Schweiß von der Stirn und gab theatralisch den einsamen Spaziergänger.

Am Ende des Sommers war sein neues Leben in ein Fahrwasser geraten, dass ihn rundherum zufrieden stellte. Seine Mieter und der Postbote grüßten höflich – wenn sie ihre Lautlosigkeit für einen Augenblick ablegen konnten -, sein neuer Hausarzt hatte ihm eine Zeckenschutzimpfung verpasst und das Cafe Ludwig, am Anfang der innerstädtischen Einkaufsmeile, akzeptierte ihn langsam als Stammgast und gewährte ihm gewisse Sonderkonditionen. Sein betagtes Mercedes Kabriolett hatte sicheren Unterschlupf im Parkhaus am

Mühlbach gefunden. Vorausgegangen war ein dezenter Tipp seines neuen Hausarztes. Völlig kostenlos, versteht sich, Krankenschein nicht nötig. Etwas schwieriger gestaltete sich die Suche nach einem neuen Frisör. Die Auswahl war groß, die Gegenargumente noch größer. Nach fünfzig Jahren Seitenscheitel kam eine Risikobehandlung nicht in Betracht. Modischer Firlefanz noch viel weniger. *Hairdesign Mattie* erfüllte alle nötigen Voraussetzungen, auch wenn ihm der Name nicht sonderlich zusagte. Er war auf der Suche nach einem gepflegten Haarschnitt und wollte nicht designt werden. Besitzerin Mattie Weber überzeugte ihn mit Humor und einem kostenlosen Kamm für den Seitenscheitel.

Die Kleinstadt, in der er jetzt einen Sommer lang wohnte, erlangte seine Zuneigung erst nach und nach, in unzählig kleinen Schritten. In vielen Ecken roch es noch zu sehr nach Maximilian Stadler, seinem verstorbenen Vater. Eine Parkbank am Pflasterweg hinauf zur Domkirche, rühmte ihn mit Messingschild als edlen Spender derselben. Das städtische Kulturamt fragte nach, ob er das

Abonnement für Platz Zwölf, Reihe Vier, im Stadttheater aufrecht erhalten wolle. Nein, wollte er nicht. Auch als Mitglied einer politischen Vereinigung, stand er nicht zur Verfügung, es sei denn, so ließ er mitteilen, sie könnte sich mit den Plänen des Ku-Klux-Klans einverstanden erklären. Das wiederum, wollte die Vereinigung nicht.

So kam es, dass man Conrad Stadler im letzten Sonnenlicht oft vor dem Cafe Ludwig wiederfand, und nicht am politischen Stammtisch der Klangegner. Er trank in aller Ruhe seinen Dämmerschoppen, lauschte dem letzten verbliebenen Straßenmusiker oder hörte sich die Sorgen von Erin, der türkischen Kellnerin an. Sie hatte sich mit einem verheirateten Mann eingelassen, noch dazu einem Deutschen, und machte sich große Sorgen was Allah und ihr Vater dazu sagen würden. Conrad versicherte ihr, beide würden den Fehltritt verzeihen.

Als die Tage langsam spürbar kürzer wurden, saß er an einem frühen Morgen im Wartezimmer seines Hausarztes Doktor Plesser. Nichts Ernstes, nur ein bisschen Rückenschmerzen der vergänglichen Art. Ungewollt, und anfänglich wenig interessiert, musste er die Unterhaltung zweier jungen Frauen mit anhören. Eine der Beiden lebte in einer Doppelhaushälfte am Stadtrand, zusammen mit ihrem Mann und ihrer sechsjährigen Tochter. Sie war völlig durch den Wind, hochgradig erregt und den Tränen nahe. Aus heiterem Himmel, wie sie sagte, hatte ihr Vermieter den weiteren Verbleib von zwei Katzen untersagt, die seit mehr als fünf Jahren bei ihnen lebten und der ganze Stolz ihrer Tochter waren. Er führte hygienische Gründe ins Feld, schickte Ungeziefer an die Front und pochte, falls das nötig sein sollte, auf sein verbrieftes Recht als sorgengeplagter Hausherr.

Die Katzen Kim und Phoebe mussten weg. Ehemann Alfred hatte sie nach langem hin und her, an diesem Morgen ins Tierheim gebracht.

Conrad Stadler war zeitlebens nicht der engagierte Tierschützer gewesen, aber die Geschichte um die beiden Katzen gefiel ihm ganz und gar nicht. Aus mehreren Gründen hielt er sie für ungerecht, sowohl gegenüber der sechsjährigen Tochter, als auch mit Blick auf zwei unschuldige Katzen. Sie ging ihm nicht mehr aus dem Kopf, wie Kopfschmerzen nach einem gigantischen Fönsturm. Sie verfolgte ihn zur Terminvereinbarung von sechs, durch Doktor Plesser verschriebene Massagen, drängte sich in sein sonst erholsames Mittagsschläfchen und versaute das Kartoffelgratin, das er normalerweise mit verbundenen Augen auf den Teller zauberte. Am frühen Abend – Kartoffelgratin Versuch Zwei führte zum gewünschten Erfolg - setzte er sich mit einem Glas Rotwein in den Strandkorb, legte die Beine hoch und schloss die Augen. Nach einer Weile wurde das Licht schwächer. Die Zeit war blockiert!

Ein paar Tage danach, bekam das Doppelhaus am Stadtrand ungebetenen Besuch. Aus einem Erdloch hinter den Mülltonnen kroch eine Kompanie Mäuse, grau, wuselig, ausgehungert, und machte sich auf die kurze Wanderschaft zu den Kellerabteilen des Hauses. Hausherr Rainer Schwarzmann, Betreiber eines Reformhauses in der Innenstadt, lagerte dort seine eisernen Vorräte an abgepackten Körnermischungen, Nüssen aller Art, geschroteten Samen und diversen biologisch einwandfreien Backzutaten. Aus Sicht der Mäuse ein wahres El Dorado.

Der Schaden, den die gut ausgebildete Schar unter seinen Vorräten innerhalb der nächsten Stunden anrichtete, war enorm. Außer einigen Flaschen erlesener Gemüsesäfte überlebte so gut wie Nichts die hinterhältige Attacke.

Einen Tag danach fuhr Ehemann Alfred, auf Wunsch von Hausherrn Schwarzmann, ein weiteres Mal zum Tierheim. Sein Auftrag lautete: Befreiung der beiden Katzen Kim und Phoebe und sofortige Rückführung der beiden in gewohnte Umgebung. Zweck der Aktion: Vollständige Niederwerfung, wenn möglich restlose Vernichtung der ungebetenen Eindringlinge. Der Plan ging auf. Kim und Phoebe schienen zu wissen, dass ihr weiterer Verbleib davon abhing, wie schnell und wie nachhaltig sie der Mäuseplage zu Leibe rückten. Innerhalb von vierzehn Tagen war das Massaker beendet. Die beiden Katzen erhielten daraufhin ein lebenslanges Bleiberecht. Rainer Schwarzmann behielt sein Reformhaus in der Innenstadt.

Am gleichen Abend saß Conrad Stadler wieder in seinem Strandkorb, trank ein Glas Rotwein, legte die

Beine hoch und schloss zufrieden die Augen. Nach einer Weile wurde das Licht über der Stadt intensiver. Die Zeit war entzerrt.

Erin, die türkische Kellnerin aus dem Cafe Ludwig, steckte in ernsthaften Schwierigkeiten. Vater Achmed war durch einen dummen Zufall hinter ihre Beziehung mit einem deutschen Mann gekommen, und als wäre das nicht Grund genug für ein paar private Reformen, hatten sie die Typen vom Autohaus Splitt auch noch kräftig über den Tisch gezogen. Grundsätzlich finanziell wackelig aufgestellt, war der einzig gangbare Weg aus der Misere, der endgültige Verzicht auf ausgedehnte Einkaufstouren durch hochpreisige Klamottenläden und die reumütige Rückkehr an Papas breite Brieftasche.
Der eigentliche Grund ihrer verzweifelten Lage, war der schwarze Sportwagen aus bayrischer Fließbandproduktion, das Geschenk ihres Vaters zum zwanzigsten Geburtstag. Sie hatte den Wagen an diesem Morgen zur Inspektion gebracht, wohl wissend, dass ihr aktueller Kontostand nicht viel mehr als einen flüchtigen Blick unter die Motorhaube

abdecken konnte. Seit einem kurzen Anruf vor etwa zwanzig Minuten wusste sie, wie pikant die Situation tatsächlich war. De facto war ihr Konto vor zwanzig Minuten in einem glutroten Feuersturm aufgegangen. Erin hatte die teilnahmslosen Worte noch deutlich im Ohr: *„Die Inspektion hat weitere Schäden an dem Fahrzeug ergeben. Aus Sicherheitsgründen mussten wir das elektrische Schiebedach austauschen. Da war nichts mehr zu machen.“*

Exakt, dachte Erin, da war nichts mehr zu machen.

Das Autohaus Splitt stellte ihr eine vierstellige Summe in Rechnung. Fällig bei Abholung. Bar oder mit Karte? Ihr Chef Otto Sander, Pächter des Cafés und Ex-Türsteher, geschult in vielen finanziellen Schräglagen, gab der Geschichte die entscheidende Wendung.

„Ausschlaggebend ist immer, was im Auftrag steht“, sagte er wissend. „Die Werkstatt darf nur das machen, was du mit Unterschrift abgesegnet hast. Bist du mit dem Austausch des Schiebedachs einverstanden gewesen, oder nicht?“

„Nein, Mann“, sagte Erin aufgebracht, „ich wollte nur die Inspektion.“

„Und genau das, und nichts anderes, steht im Auftrag?"

„Klar, ich hab das Ding hier." Erin kramte es aus ihrer Handtasche und hielt es Otto unter die Nase. Ein kurzer prüfender Blick genügte, der Auftrag zum Wechsel des Schiebedachs war nicht erteilt worden.

Otto Sander verschaffte seiner Kellnerin noch am gleichen Tag, einen Termin bei einem befreundeten Rechtsanwalt. Sie erstattete Anzeige gegen das Autohaus Splitt wegen grob fahrlässiger Täuschung und Betrug. Ihr Auto wurde bis zur endgültigen Klärung der Geschichte einbehalten. Ein großer Nachteil für Erin. Sie wohnte zusammen mit einer Freundin in der nächsten Stadt und war auf ihr Auto angewiesen. Mehr als auf ihren deutschen Liebhaber, dem Vater Achmet einen abgeschnittenen Pimmel in Aussicht gestellt hatte. Ohne Auto war sie aufgeschmissen. Voll krass, Alter!

Conrad Stadler wurde die Geschichte keine Stunde später zugetragen. Zwischen Dämmerschoppen und dem Abendfilm auf Kanal Zwei, erzählte ihm Erin persönlich die traurige Story ihrer unglücklichen Liebe zu einem deutschen Auto und einem deutschen Liebhaber, der, sollte ihr Vater nicht bald zur Vernunft kommen, in absehbarer Zeit ohne Pimmel herumlaufen würde. Seine Frage, wer ihr wichtiger sei, der Liebhaber oder das Auto, ging klar zum Vorteil eines schwarzen Sportwagens aus bayrischer Fließbandproduktion aus.

Am folgenden Abend setze sich Conrad mit einem Glas Rotwein in seinen Strandkorb, legte die Beine hoch und schloss die Augen. Nach einer Weile wurde das Licht schwächer. Die Zeit war blockiert!

Zuerst entdeckte der Wachmann das Loch im Drahtzaun, kreisrund gearbeitet, als wäre ein echter Künstler am Werk gewesen. Die Fußspuren im aufgeweichten Boden zeigten, dass mehrere Personen aus Richtung der nahen Zubringerstraße zur Autobahn Nürnberg gekommen waren, durch das Loch im Zaun stiegen und sich gleichmäßig über den Firmenparkplatz von Autohaus Splitt verteilten.

Als nächstes entdeckte der Wachmann einen arg mitgenommen Geländewagen der gehobenen Mittelklasse. Kühlergrill und Motorhaube fehlten gänzlich, ansonsten erschien er ihm äußerlich unbeschädigt. Einige Sekunden später entdeckte er die eingedrückte Glasscheibe auf der Fahrerseite. Lose Kabelenden quollen aus dem Armaturenbrett. Das Navigationsgerät war – soweit er das beurteilen konnte – fachmännisch ausgebaut worden.

An einer cremefarbenen Limous-ine fehlte das Steuergerät, die Scheinwerfer vorne und der Kofferraumdeckel. Nichts mit purer Gewalt entfernt, vielmehr präzise entnommen wie ein inneres Organ. Aus einem zweisitzigen Kabriolett waren das Sportlenkrad und die beiden handgenähten Ledersitze entfernt worden. Der Übeltäter hatte nach getaner Arbeit, sogar die Türen links und rechts wieder sorgfältig geschlossen. Es schien als würde er Autos lieben, auch wenn er sie ausnahm wie einen gefangenen Fisch.

Am schlimmsten hatte es einen schwarzen Sportwagen mit Schiebedach erwischt. Seine nackten Achsen standen auf Holzklötzen, Felgen und dazugehörige Reifen fehlten gänzlich. Der Innenraum war praktisch ausgeweidet, sogar die Sonnenblenden waren entfernt worden. Frei zugängliche

Teile des Motors waren abgeschraubt. Zu diesem Zweck waren die beiden Kotflügel gewaltsam nach außen gebogen worden. Gleiches am Heck des Fahrzeuges. Die Schürze über den Auspuffrohren war fachmännisch abmontiert. Trotzdem hatten es Blechschäden zu Hauf gegeben. Aus der Sicht eines erfahrenen Gutachters, war der Wagen nur noch ein Haufen Schrott.

Inhaber Walter Splitt war auf Geschäftsreise, also wurde Geschäftsführer Hinrich Moltke-Schreiber zum Tatort zitiert. Er besah sich den Schaden und informierte die Polizei. Die Beamten einer erst kürzlich zusammengestellten Sonderkommission namens „OSTMARK", erkannten anhand der Spurenlage sofort die Handschrift einer professionellen Diebesbande aus Osteuropa, die seit Jahren im süddeutschen Raum unterwegs war. Sie arbeitete auf Bestellung, wusste genau was geordert wurde und wo es zu finden war. Sie waren Profis, keine kleinen Gelegenheitsdiebe.

Moltke-Schreiber meldete den Schaden wie üblich der Versicherung und schickte seinem Boss eine kurze Mail.

Als der Gutachter der Versicherungsgesellschaft zwei Tage später die Geschäftsbüros des Autohauses betrat, war der schwarze Sportwagen mit Schiebedach längst auf dem Schrottplatz gelandet. Das Autohaus Splitt hatte der Besitzerin des Wagens, Erin irgendwas mit *oglu* am Ende, ein großzügiges Angebot gemacht, das sie innerhalb von einer Stunde telefonisch angenommen hatte. Voller, großzügiger Schadensersatz für das zerstörte Auto, Rücknahme aller ausstehenden finanziellen Forderungen resultierend aus den Folgen eines falsch interpretierten Inspektionsauftrags und, falls gewünscht, kostenlose Bereitstellung eines Ersatzfahrzeuges für die Dauer von sechs Wochen. Einzige Bedingung: Sofortige Rücknahme der eingereichten Strafanzeige.

Und wieder saß Conrad Stadler mit einem Glas Rotwein in seinem Strandkorb, legte die Beine hoch und schloss zufrieden die Augen. Nach einer Weile wurde das Licht über der Stadt intensiver. Die Zeit war entzerrt.

Der Winter kam früh in diesem ersten Jahr seines Verweilens in der Kleinstadt nördlich von München. Mitte Oktober fiel der erste Schnee. Die Nächte wurden bitterkalt, in manchen Landesteilen sanken die Temperaturen bereits stellenweise unter null Grad.

Ende Oktober machte Conrad Stadler seinen Strandkorb winterfest. Er schlug den Innenraum mit goldfarbener Wärmefolie aus dem Sanitärfachgeschäft aus und stapelte Schaffelle – von Schafen aus natürlicher Aufzucht, wie man ihm beim Kauf versicherte – darüber. Links und rechts des Korbes platzierte er gasbetriebene Heizstrahler, deren Wärmeabgabe einem Kampfjettriebwerk neuester Baureihe alle Ehre gemacht hätte. Über die Schaffelle warf er bunte Daunendecken, laut Hersteller hochgebirgsgetestet, und legte eine Wollmütze aus norwegischer Produktion bereit. Im Bodenfach hortete er einen kleinen Vorrat hochprozentiger Spirituosen. Strohrum aus Südtirol und selbst gebrannter Pflaumenschnaps aus Kroatien nahmen die besten Plätze ein.

Nach einer besonders stürmischen Schneenacht

Anfang November, montierte er als ultimativen Windschutz eine zwei Meter breite und ebenso hohe Plexiglasscheibe an das Balkongeländer. Danach fühlte er sich bestens vorbereitet. Das obligatorische Glas Rotwein, ersetzte er durch einen Becher heißen Glühweinpunsch. Manchmal auch zwei. Scharfe, dampfende Gulaschsuppe tat ein Übriges, seine Körpertemperatur im Überlebensbereich zu halten. Er genoss die winterlichen Abende auf dem Balkon wie ein Junkie den ersten Schuss am Morgen. Vielleicht sogar mehr, das wusste er nicht so genau. Es fehlten ihm die Vergleichsmöglichkeiten.

Seine Mieter sah er nur selten. Seit die Temperaturen in den Keller gefallen waren, wie Aktien nach einem Börsencrash, frönten sie ihrem zurückgezogenen Lebensstil offenbar noch intensiver. Wenn sie mal ausgingen, was nicht sehr oft der Fall war, taten sie es leise und unauffällig. Sie schlichen über Treppen und Flure mit der Lautlosigkeit geübter Einbrecher. Und ebenso leise kamen sie wieder zurück.

Nach Monaten intensiver Nutzung, hatte der Strandkorb auf dem Balkon im dritten Stock, seine

Anziehungskraft auf Nachbarn und Spaziergänger weitgehend verloren. Auch der dazugehörige verrückte Typ im pelzbesetzten Parka, etwa Fünfzig, scharf gezogener Seitenscheitel, sonst eher unauffällig, war zum gewohnten Anblick geworden. Er war eben einfach nur ein ruhiger verrückter Typ, fanden die Meisten. Er grölte keine schrägen Parolen durch die Nacht, warf nicht mit windigen Flugblättern um sich und belästigte niemand mit wüsten Beschimpfungen. Er saß einfach nur in seinem Strandkorb, nippte an einem Glas Rotwein und schlürfte einen Teller heißer Gulaschsuppe. Eine ältere Dame aus dem Haus gegenüber, teilte die allgemeine Meinung über den ruhigen Verrückten von der anderen Straßenseite nur zu einem gewissen Grad . Sie hatte Seltsames beobachtet. Mindestens zwei Mal in den zurückliegenden Monaten war ihr aufgefallen, wie das Abendlicht über der Stadt, kaum wahrnehmbar, für eine Sekunde schwächer geworden war. In beiden Fällen hatte der Mann mit hochgelegten Beinen, zufrieden lächelnd, mit geschlossenen Augen in seinem Strandkorb gesessen. Durch das Opernglas ihres verstorbenen

Mannes betrachtet, mehrfach vergrößert und in allen Einzelheiten erkennbar, war ihr in beiden Fällen ein kalter Schauer über den gekrümmten Rücken gelaufen.

Conrad ahnte von all dem nichts. Trotz immer tiefer sinkender Temperaturen, unternahm er weiterhin lange Spaziergänge über verschneite Wiesen, vorbei an abgemähten Stoppelfeldern und verlassenen Viehweiden. Er trank seinen Morgenkaffee nach wie vor im Cafe Ludwig, empfahl Erin, der türkischen Kellnerin, zum hundertsten Mal sich endlich von ihrem deutschen Liebhaber zu trennen und studierte dabei die spärlichen Lokalnachrichten in der Tageszeitung. Manchmal gesellte sich Otto Sander, ausrangierter Türsteher und Pächter des Cafés zu ihm, trank einen frühen Pastis, oder sonst einen goldigen Wachmacher und erzählte Schauermärchen über seine charismatische Ehefrau. Eines seines Lieblingsthemen, obwohl Gott und die Welt wusste, dass er seine Frau abgöttisch liebte. Und das in jeder erdenklichen Lebenslage. Mit der gleichen Hingabe liebte er seine heranwachsende Tochter, obwohl sie eigentlich rund um die Uhr nur Mist baute.

„Ich war in ihrem Alter genauso", führte Otto Sander nachdenklich aus, „hab nur Blödsinn gemacht, gekifft wie ein Weltmeister und die Lehrer in der Schule nach Strich und Faden verarscht."

„Tolles Leben" antwortete Conrad, „klingt als hättest du viel Spaß gehabt, damals."

Otto nippte vorsichtig an seinem Pastis. „Mag sein, aber was hat es mir gebracht? Muss mich jeden Tag mit blöden Typen herumärgern, hab ständig Zoff mit dem Gewerbeaufsichtsamt und trinke zu viel."

„Tolles Leben", wiederholte Conrad grinsend, „hab ich doch eben gesagt."

Otto grinste zurück. Als er zu seinem kleinen Büro rechts hinter der langen, schlecht besuchten Theke ging, fiel Conrad zum wiederholten Mal seine nach links geneigte Körperhaltung auf. Ein Andenken an seine Zeit als Türsteher.

Der Winter kam und ging wie eine flüchtige Urlaubsbekanntschaft, an die man sich schon kurz nach der Trennung nicht mehr erinnert. Was von ihm blieb, war die Erinnerung an viele entspannte Stunden in einem Strandkorb, köstlich gewürzte heiße Gulaschsuppe und amüsante Gespräche mit Otto Sander, der sich über den Winter hinweg zu einem echten Freund mauserte. Dem Pächter seines Stammcafés, und damit gottgegebener Beichtvater für die meisten seiner unterschiedlichsten Gäste, wurden Neuigkeiten meist früher zugetragen als dem Stadtpfarrer oder den alten Weibern vom Wochenmarkt. Otto Sander war ein wandelndes Informationsbüro. Und er erzählte gerne und viel, wenn seine Frau nicht in der Nähe war.

Mit den ersten Sonnentagen Ende März, tauten die Stadt und Otto Sander so richtig auf. Laufkundschaft entdeckte das Cafe plötzlich wieder als Anlaufstelle für einen gemütlichen Plausch und brachte ordentlich Bares in die Kasse. Es vertrieb die winterlichen (meist männlichen) Dauerparker von den besten Thekenplätzen, die dort oft stundenlang vor einem Bier gesessen und dummes Zeug gequatscht hatten. Die Sommerkundschaft quatschte zwar ebenso viel dummes Zeug, fand Otto, machte aber deutliche höhere Rechnungen.

Zudem brach eine wahre Flut aufgestauter Neuigkeiten, bis dahin unterdrückter Gerüchte und neuester, noch unbestätigter Vermutungen über das Café und Otto Sander herein. So erfuhr Conrad Stadler, von Hermine Prist, die das Café Ludwig noch nie in ihrem ganzen Leben betreten hatte und trotzdem in diesem Frühjahr in aller Munde war.

Die ältere Dame von gegenüber war nicht auf ihrem Beobachtungsposten, als Conrad noch am gleichen Abend mit einem Glas Rotwein in seinem Strandkorb saß, die Beine hoch legte und zufrieden die Augen schloss. Nach einer Weile wurde das Licht schwächer. Die Zeit war blockiert.

Hermine Prist war beinahe siebzig Jahre alt, lebte allein in einem kleinen Haus am südlichen Stadtrand, Tag und Nacht umgeben von einem löchrigen Holzzaun und einem fußballfeldgroßen Obstgarten. Das Herz in ihrer Brust schlug immer noch kraftvoll, aber manchmal im falschen Takt. Es leistete sich hin und wieder kurze Aussetzer, wie ihr alter Fernseher. Leider immer nur dann, wenn das Programm besonders spannend war. Ihr behandelnder Arzt hatte ihr schon vor Monaten geraten, ins Altersheim, oder in ein anderes alternatives Haus mit betreutem Wohnen zu ziehen. Dort konnte ihr sofort geholfen werden, falls das Herz sich wieder einen Aussetzer leisten sollte. Oder Schlimmeres.

Hermine gefielen die Worte des Arztes noch weniger, als die gelegentlichen Aussetzer ihres störrischen alten Herzens. Dennoch hatte der betagte Kurpfuscher aus der Oberstadt natürlich recht. *Schlimmeres* hörte sich nicht gut an, es hörte sich an, als müsse sie vielleicht schon bald auf ihren alten Fernseher gänzlich verzichten. Also entschloss sie sich, ein letztes Mal in ihrem Leben ein gehorsames Mädchen zu sein.

Sie machte Kassensturz (auch dies vielleicht zum letzten Mal in ihrem Leben), stellte sämtlichen Besitz zur Disposition und erkannte rasch, dass ihre kleine Rente und das bisschen Geld auf ihrem Sparbuch, nie und nimmer ausreichen würden ihren Plan in die Tat umzusetzen. Blieb nur noch ein Ausweg. Das Haus, der Obstgarten, die alte Linde unten am Bachufer, alles musste verkauft werden. Und sie wusste auch schon an wen. Clemens Wagner, Besitzer der Baumschule, deren weitläufiges Areal östlich direkt an ihren Obstgarten grenzte, hatte schon lange ein Auge auf ihr Grundstück geworfen. Sein Kaufangebot aus dem vergangenen Jahr, war jedoch so verschwindend gering gewesen, dass sie ihm wütend die Tür gewiesen hatte. Das aus dem Takt geratene Herz in ihrer Brust, änderte die Sache jetzt augenscheinlich von Grund auf. Andere Bewerber für das Grundstück gab es nicht. Ohne ein echtes Wunder, würde sie das Angebot von Wagner annehmen *müssen.*

Die alte Dame stand reglos am Küchenfenster und starrte auf den verwilderten Obstgarten hinaus. Hinter der alten Linde, am jenseitigen Bachufer, saß auf einer Parkbank ein etwa fünfzigjähriger Mann in Wanderkleidung. Neben ihm stand ein blauer Rucksack, weit offen, überzogen mit einer Menge bunter Aufnäher. Hin und wieder trank er aus einer Plastikflasche irgendeine zitronengelbe Flüssigkeit und biss in ein belegtes Brötchen das zur Hälfte mit Alufolie umwickelt war. Auf seinem Kopf saß ein faltiger Hut mit heruntergezogener Krempe, der sein gesamtes Gesicht in tiefe Schatten tauchte.

Nach einer Weile erhob er sich, packte sämtliche

Abfälle und die leere Plastikflasche in den blauen Rucksack und entfernte sich in Richtung Baumschule Wagner. Eine Minute später war er verschwunden.

Clemens Wagner war gerade mit seinen Sorgenkindern, den Lorbeerbüschen beschäftigt, als der Mann in Wanderkleidung auftauchte. Er sah schrecklich aus. Seine Schuhe waren stark verschmutzt, die Hose kniehoch völlig durchnässt, Karohemd und Windjacke hatten ebenfalls dringend eine umfassende Reinigung nötig. Seine Hände (keine Hände die zupacken können, stellte Wagner fest) zeigten viele kleine blutige Verletzungen. Unter einem faltigen Hut mit heruntergezogener Krempe, lugte ein Bündel verschwitzter grauer Haare hervor. In der Seitentasche seines blauen Rucksacks, steckte eine zusammengerollte Tageszeitung. Er deutete nach rechts, über den Innenhof hinweg, auf ein randvolles Wasserbecken vor den langgezogenen Gewächshäusern und sagte: „Wenn es ihnen recht ist, würde ich mir gerne den Dreck aus dem Gesicht waschen, ehe ich in die Stadt zurückkehre."

Wagner vollführte eine einladende Handbewegung. „Immer zu", sagte er ruhig, „immer zu." Er lächelte belustigt. „Nehmen sie den Wasserschlauch, das Regenwasser benutzen wir nur um die verschmutzten Geräte zu reinigen. Nichts für ein Stadtgesicht."

„Danke", sagte der Mann, „das werde ich mir merken." Er stellte seinen Rucksack neben dem Wasserbecken ab und zog mit spitzen Fingern die Windjacke von den Schultern. Etwas übertrieben, faltete er sie äußerst sorgfältig zusammen und legte sie auf einen Stapel Feuerholz. Aus einer der Seitentaschen fielen ein halbes Dutzend Münzen und rollten über die Pflastersteine am Beckenrand. „Kleine Scheißdinger", sagte der Mann grinsend. Er ging in die Knie, beugte sich über die Münzen und verstaute sie wieder in der Jackentasche. „Hab sie vorne bei der Parkbank gefunden, auf Höhe der alten Linde am Bachufer."

„Ich kenne die Stelle", antwortete Clemens Wagner, „bin selbst ab und zu da."

Der Mann nickte verständnisvoll. Er brauchte etwa

fünf Minuten, um sich und seine Kleidung wieder halbwegs alltagstauglich zu machen. Ein Gentleman sah anders aus, aber ein Penner aus dem Stadtpark in Bahnhofsnähe, hätte ihn um sein Aussehen mehr als beneidet. Er bedankte sich und verschwand mit ausladenden Schritten auf der holprigen Zufahrtsstraße Richtung Innenstadt.

Clemens Wagner wartete einige Augenblicke, beugte sich dann über die Stelle an der die Münzen aus der Jackentasche des Fremden gefallen waren und vergrub seine Finger in ein Grasbüschel, dicht neben dem aufgeschichteten Stapel Feuerholz. Er musste nicht lange suchen, bis er die Münze gefunden hatte. Er warf einen kurzen Blick darauf und steckte sie in seine Hosentasche. Es bestand die Möglichkeit, dass der Fremde sie vermissen und im nächsten Moment zurückkehren würde. Er wandte sich wieder seinen Sorgenkindern, den Lorbeerbüschen zu.

In der Mittagspause zeigte eine kurze Recherche im weltweiten Netz, dass die Vorderseite der Münze den römischen Kaiser Hadrian darstellte und aus dem vierten Jahrhundert nach Christus stammte.

Das einzige Wort das Wagner dazu einfiel war *Volltreffer.*

Am Abend – seine Frau leitete einen Kurs über angewandte Botanik an der städtischen Volkshochschule – setzte er sich auf die Parkbank gegenüber der alten Linde am Bachufer, und erinnerte sich an die Worte des schmutzigen Fremden vom Vormittag des gleichen Tages: *Hab sie vorne bei der Parkbank gefunden, auf Höhe der alten Linde am Bachufer.*

Die Spuren im morastigen Boden waren eindeutig, der schmutzige Fremde war hier gewesen. Da waren Fußabdrücke am Bachufer, abgerissenes Strauchwerk und gewaltsam aufgebrochenes Wurzelwerk. Die Schneeschmelze hatte die alte Linde stellenweise unterspült und große Erdbrocken sowie Teile des darunterliegenden Kiesbetts abgetragen. Er trat nahe an das Bachufer heran und sah sofort die Schuhabdrücke am Grund des Bachbetts. Bingo, der schmutzige alte Drecksack hatte die Münzen also nicht auf dieser Seite des Baches gefunden, sondern drüben am anderen Ufer, vermutlich unter dem freigelegten Wurzelwerk der alten Linde.

Dort drüben, am anderen Bachufer, regierte uneingeschränkt Hermine Prist, alt, streitsüchtig und jedem seiner Kaufangebote feindlich gesinnt. Er musterte das kleine Häuschen hinter den Obstbäumen mit einem wütenden Blick. Nach einer Minute sah er das Gesicht von Hermine hinter dem Küchenfenster auftauchen. In ihren Augen war ein kalter, beinahe feindlicher Ausdruck. Das Herz in ihrer Brust schlug immer noch kraftvoll, wenn auch hin und wieder im falschen Takt.

Dass Hermine im Lauf des Vormittags Besuch von einem ziemlich ramponierten Wandersmann erhalten hatte, ahnte Clemens Wagner nicht im Entferntesten.

Am nächsten Vormittag einigten sich Hermine und Clemens Wagner auf einen Verkaufspreis, der aufgerundet beinahe zehn Mal höher lag als das ursprüngliche Angebot. Hermine verbrachte noch einige sorgenfreie Jahre im städtischen Altersheim in der Heilig-Geist-Gasse. Clemens Wagner durchkämmte monatelang mit modernster Technik einen fußballfeldgroßen Obstgarten, fand aber außer einigen rostigen Nägeln und einem verbogenen Hufeisen nichts, was den Aufwand gelohnt hätte.

Conrad Stadler lieferte sich mit seinem Strandkorb einen langen Kampf auf Leben und Tod. Er verlor ihn. Zehn Jahre, nachdem er der Oberfinanzdirektion den Rücken gekehrt und zum Abschied in einen monströsen Blumentopf gepinkelt hatte, saß er drei Tage vor seinem sechzigsten Geburtstag, in seinem geliebten Strandkorb, nippte an einem Glas Rotwein, legte die müden Beine hoch und schloss zufrieden die Augen.Das Licht über der Stadt wurde langsam schwächer. Seine Zeit war abgelaufen.

- ENDE -

KIRCHENFEUER

In der Nacht zum Sonntag brannte die Dorfkirche ab. Ein Bauer auf Stallwache sah gegen Mitternacht Flammen aus den Fenstern der Sakristei schlagen. Er holte telefonisch den Kommandanten der freiwilligen Feuerwehr aus dem Bett. Seine Frau meinte, mehr könne er nicht tun und schloss alle Fenster. Der Wind stand ungünstig in dieser Nacht. Der dunkle Rauch aus der brennenden Kirche trieb genau auf ihr Schlafzimmer zu.

Die Feuerwehr erreichte die Kirche etwa zwanzig Minuten später. Es dauerte eine Weile bis der Kommandant alle Kollegen zusammengerufen hatte. Die Sirene auf dem Bürgermeisteramt funktionierte mal wieder nicht. Außerdem lag die Kirche etwas außerhalb, einen klassischen Steinwurf vom Hof des Bauern entfernt, der das Feuer bemerkt, gemeldet und eine Weile durch das geschlossene Fenster seines Schlafzimmers beobachtet hatte. Ein echter Kampf gegen die Flammen fand nicht mehr statt. Die Feuerwehr kam dazu mindestens zwanzig Minuten zu spät. Ehe die Feuerwehr eine stehende

Schlauchleitung vom Hof des Bauern, bis zum Brandherd legen konnte, züngelten bereits meterhohe Flammen aus dem Dachstuhl der Kirche. Deshalb konzentrierten sich die Löscharbeiten hauptsächlich auf den noch größtenteils unbeschädigten Glockenturm.

Gegen zwei Uhr Morgens gab der Dachstuhl der Kirche allen Widerstand auf, und brach krachend in sich zusammen. Der Glockenturm konnte gerettet werden. Feuerwehren aus den umliegenden Ortschaften waren zu Hilfe geeilt, konnten aber nicht mehr viel tun. Selbst der massive Einsatz der Berufsfeuerwehr aus der Kreisstadt, hätte die Kirche aus dem achtzehnten Jahrhundert nicht mehr retten können. Der Vorschlag eines weiteren Anwohners – er hatte nach vier Klassen vorzeitig die Grundschule verlassen und galt allgemein als etwas unterbelichtet – man könne in der Landeshauptstadt ein Löschflugzeug anfordern, wurde abgelehnt.

Inzwischen waren der Bürgermeister und der Gemeindepfarrer eingetroffen. Auch sie standen der Situation mehr oder weniger hilflos gegenüber. Dem sorgenvollen Gesicht des Bürgermeisters war zu entnehmen, dass er sich Gedanken über die leere Gemeindekasse machte. Der Pfarrer schien den Verlust seines Arbeitsplatzes zu bedauern. Beide hielten sekundenlang die Hände zum Gebet gefaltet.

„Wie konnte das passieren, Thomas?" wandte sich Bürgermeister Markus Zimmer schließlich an den Kommandeur der freiwilligen Feuerwehr.

Die Antwort bestand aus einem verständnislosen Schulterzucken. „Was weiß ich, Markus, staubtrockenes Zeug, keine Sprinkleranlage, uralte elektrische Leitungen, da genügt ein kleiner Funke und alles fliegt in die Luft."

Thomas Winter war seit mehr als zwanzig Jahren bei der freiwilligen Feuerwehr. Seit fünf Jahren als Kommandant. In all dieser Zeit war seine größte Herausforderung ein brennender Holzschuppen gewesen, in den ein paar betrunkene Halbwüchsige eine Pechfackel geworfen hatten. Sein theoretisches Wissen über Brände jeglicher Art war umfassend, seine praktischen Erfahrungen hingegen resultierten aus vierteljährig stattfindenden Löschübungen an einem brennenden Reifenstapel.

Bürgermeister Zimmer starrte stumm auf die

Funkensäule über der Kirche die langsam in der Dunkelheit verschwand. „Ich muss die Behörden in der Stadt benachrichtigen", sagte er nachdenklich, „ich werde deine Hilfe brauchen."

Thomas Winter nickte. „Sie werden ein paar Schlauköpfe schicken, die sich alles genau anschauen. So machen sie das immer".

„Wie lange wird das dauern?" erkundigte sich der Bürgermeister vorsichtig.

„Zwei, drei Tage", antwortete Winter optimistisch, „dann werden sie erste Ergebnisse haben. Die Kerle sind ziemlich fix, weiß der Teufel wie sie das anstellen".

Gegen Sechs Uhr morgens war das Feuer soweit unter Kontrolle, dass die ersten Löschzüge wieder abrücken konnten. Von der einst so schönen Dorfkirche standen nur noch kümmerliche rußige Mauerreste. Das Kirchenschiff war kniehoch übersät mit rauchenden Holzbalken, zerbrochenen Dachziegeln und bunten Glassplittern. Löschwasser, schmutzig braun, umspülte die Reste zersplitterter schwarzer Kirchenbänke. Der Altar war in sich zusammen gebrochen. Versilberte Kerzenständer lagen begraben unter herabgestürzten Mauerziegeln. Reste der ständigen Blumendekoration – eine milde Gabe der Messnersgattin aus eigenem Anbau – lugten unter den zersplitterten Überresten der heiligen Mutter Gottes Statue hervor, die einst den Altar beherrscht hatte. Der sonst farbenfrohe Teppich über den Altarstufen, war zu einer klebrigen braunen Masse geschmolzen.

Thomas Winter wies seine Feuerwehrleute an, die rund um die Kirche verstreuten Ausrüstungsgegenstände wieder sorgsam und vollzählig einzusammeln. Es gab nichts mehr zu tun und die Arbeit im Viehstall oder der Fabrik in der Kreisstadt erledigte sich nicht von alleine.

Der Bauer, der den Brand gemeldet hatte, war längst bei seinen Schweinen untergetaucht. Seine Frau steckte die Nase zum Schlafzimmerfenster hinaus, tat einen tiefen Atemzug, und entspannte die häusliche Situation in dem sie die Bettwäsche zur Entlüftung über das nahe Balkongeländer hing.

Im Licht der aufgehenden Sonne, sahen die die Reste der Kirchen wie die Ruine einer verfallenen Burg aus längst vergangenen Zeiten aus. Aus den obersten Luken des Glockenturms quoll noch etwas grauer Rauch. Die rote Farbe der Turmkuppel war größtenteils abgeplatzt. Das Feuer hatte rostbraunes Metall freigelegt. Das goldene Kreuz auf der Turmspitze fehlte spurlos.

Wie von Thomas Winter vorhergesagt, traf der vorläufige Bericht der Experten aus der Kreisstadt drei Tage später bei Bürgermeister Markus Zimmer ein. Er las ihn mit aller gebotenen Sorgfalt, verstaute ihn anschließend in seinem Schreibtisch und machte sich an sein Tagwerk. Der Lastwagen für das Sägewerk, draußen am Mühlbach, duldete keinen weiteren Aufschub.

Nach dem Abendessen las er den Bericht noch einmal.

Am nächsten Tag – nach einer schlaflosen Nacht in der er den Bericht ein weiteres Mal gelesen hatte – traf er drei präzise überdachte Entscheidungen. Zunächst lieferte er den generalüberholten Lastwagen an das Sägewerk aus. Wie üblich vertröstete ihn sein Freund Sebastian Probst, Besitzer desselben und Mitglied des Gemeinderates, rechnungstechnisch auf einen günstigeren Zeitpunkt. Ein durchaus üblicher Vorgang, der Thomas Winter keine Sorgen bereitete. Das Prinzip von der einen Hand die eine andere wäscht, hatte im Kreis der Gemeindemitglieder noch Bestand.

Als nächstes vereinbarte er ein gemeinsames Treffen mit dem Gemeindepfarrer. Gegen dreizehn Uhr, draußen bei der abgebrannten Kirche, ließ er über dessen Haushälterin ausrichten. Hochwürden möge bitte pünktlich sein, die Sache dulde keinen Aufschub.

Schließlich wies er seine Sekretärin an, alle Gemeinderatsmitglieder, er betonte *alle* mit deutlichem Nachdruck, zu einer außerordentlichen Sitzung am folgenden Abend einzuladen. Auch diese Sache dulde keinen Aufschub, weshalb um Pünktlichkeit nachdrücklich gebeten wurde.

Pfarrer Anselm Hofbauer erschien pünktlich zum vereinbarten Termin. Wie immer wirkte er ein wenig unaufgeräumt, beinahe schüchtern. Er war erst vor einigen Monaten in die Gemeinde versetzt worden, und hatte noch keinen richtigen Kontakt zu seinen Pfarrkindern aufbauen können. Das Verhältnis zu

Bürgermeister Markus Zimmer war eines der wenigen, das über ein freundliches Schulterklopfen und lobende Worte hinausgewachsen war. Sie verstanden sich gut, auch wenn sie unterschiedlicher nicht hätten sein können. Zimmer war alles andere als ein tiefgläubiger Christ. Seine politische Ausrichtung und die daraus resultierende parteiliche Zugehörigkeit, ließen keine Alternative zu. Christ sein war Pflicht, also war er es. Mehr jedoch nicht.

Pfarrer Hofbauer war der christliche Glaube nicht Verpflichtung, er war ihm Berufung. Politische Interessen waren ihm völlig fremd, er mochte das parteiliche Geflecht im Gemeinderat weder zu seinem Vorteil nutzen, noch in irgendeiner Art und Weise bemängeln. Dass seine Kirche abgebrannt war, empfand er schon als schlimm genug. Sich jetzt auch noch mit politischen Querelen zu beschäftigen, war ihm trotz gelebter Nächstenliebe nicht möglich. Schließlich war er Pfarrer, nicht Vorsitzender einer christlich angehauchten Partei.

Die beiden unterschiedlichen Männer gingen beinahe eine Stunde durch die kümmerlichen Reste, die ein verheerendes Feuer hinterlassen hatte. Die

Behörden hatten das Gelände weiträumig abgesperrt. Es bestand akute Einsturzgefahr für den rußgeschwärzten Glockenturm. Trotzdem tauchten immer wieder Neugierige auf, kletterten unter den weinroten Plastikbändern hindurch die rings um das Areal gespannt waren, und versuchten eine eigene Erklärung für das schreckliche Geschehen zu finden. Hofbauer und Zimmer waren zwei von ihnen, auch wenn sie hin und wieder einen Blick in den vorläufigen Bericht der Brandexperten warfen, der dem Bürgermeister einen Tag zuvor zugestellt worden war.

Der Bericht war klar und eindeutig. Bürgermeister Markus Zimmer beabsichtigte, den Gemeinderat am folgenden Tag ausführlich darüber zu informieren. Seine Gemeinde hatte das Recht, das ganze Ausmaß der Tragödie zu erfahren.

Die außerordentliche Sitzung des Gemeinderates fand wie immer im Gasthof „Zur Krone" statt. Da es eine außerordentliche und keine öffentliche Sitzung war, entschied man sich intern (einstimmig), in einen Nebenraum auszuweichen. Die paar Figuren, die in der Gaststätte gegen zwanzig Uhr ihr Feierabendbier genossen, wunderten sich zunächst etwas, dass der Gemeinderat nicht wie üblich am großen Ecktisch in der Gaststube tagte. Sie verloren aber bald jedes Interesse, Politik war nicht ihre Sache. Die „Zwölf Geschworenen", wie man den Gemeinderat hinter vorgehaltener Hand manchmal nannte, werden schon wissen wo der Bauer ackert, dachten sie (ebenso einstimmig) und wandten sich wieder ihrem Feierabendbier zu.

Bürgermeister Markus Zimmer erklärte die Sitzung um exakt 20 Uhr 13 für eröffnet. Er wies den Schriftführer an die vollzählige Anwesenheit aller Mitglieder zu protokollieren und dankte seinen Kollegen für ihr Erscheinen. Vor jedem Einzelnen lag eine Kopie des vorläufigen Berichts der Brandexperten, den er zwei Tagen zuvor erhalten hatte. Einige hatten ihn schon vor Beginn der Sitzung flüchtig überflogen. Ihre Gesichter drückten deutliches Unbehagen aus.

„Ich habe diese Sitzung einberufen", begann der Bürgermeister, „weil die Experten aus der Stadt glauben…nein, eigentlich sind sie absolut sicher, dass unsere Kirche…also, ich meine….sie sind sicher, dass sie absichtlich in Brand gesteckt wurde". Er wartete, bis das einsetzende Stimmengewirr aus der Runde wieder abklang. „Es wurden deutliche Hinweise auf einen...sie nennen es Brandbeschleuniger gefunden. Man vermutet Benzin, oder eine andere leicht brennbare Flüssigkeit. Steht alles im Bericht".

Irgendwo auf den hinteren Plätzen wurde ein Glas umgestoßen. Der Geruch von verschüttetem Bier machte sich sofort in dem kleinen Raum breit. Jemand öffnete ein Fenster. Ein anderer eilte durch die Schiebetür in den Gastraum hinaus. Seiner ungeschickten Hektik fiel ein zweites Glas zum Opfer. Ein weiteres Gemeinderatsmitglied, dem es bis dahin niemand zugetraut hätte, kicherte amüsiert. Eine Kellnerin mit Spitzenschürze eilte herbei und beseitigte die angerichtete Sauerei mit geübten Handgriffen. Sie hatte schon schlimmeres erlebt. Eigentlich war ihr Leben bis zu diesem Moment ein einziges schlimmes Erlebnis gewesen. Davon wusste allerdings keiner der Anwesenden.

„Die Experten konnten auch die genaue Stelle ermitteln an der das Feuer ausgebrochen ist", fuhr

Bürgermeister Zimmer unbeeindruckt fort. „Seite Drei, Anhang Lageskizze".

Seine elf Kollegen vertieften sich geschlossen in Seite Drei. Zimmer ließ ihnen einige Minuten Zeit Seite Drei aufzunehmen, eine handgezeichnete Skizze war nicht jedermanns Sache.

Dachdeckermeister Florian Zech fand als Erster klare Worte. „Das rote Kreuz neben dem Altar, ist das Feuer dort ausgebrochen?"

„Ja, so sieht es aus", stimmte der Bürgermeister zu, „aber…!

„Aber was, Markus?"

Zimmer deutete auf das rote Kreuz und sagte:" Das Kreuz markiert exakt die Stelle an der einmal der Beichtstuhl stand. Jeder von euch weiß das, ihr habt dort gekniet, eure Sünden bekannt und die Hälfte eurer Schandtaten natürlich verschwiegen. Seht ihr das auch so?"

„Du hast recht", stimmte der Dachdeckermeister zu, „aber der ist natürlich vollständig abgebrannt".

„Nein", widersprach Zimmer, „das ist er eben nicht".

Seine Kollegen vom Gemeinderat wirkten plötzlich verunsichert. Einige blätterten aufgeregt im Bericht der Brandexperten, andere tuschelten miteinander wie Verschwörer. Die meisten saßen einfach nur da, grinsten mit staunenden Gesichtern und betrachteten ihren Bürgermeister als habe er den Verstand verloren.

Karl Sauer, Hauptschullehrer in der Kreisstadt und Organist im Kirchenchor, strich in einer nachdenklichen Geste mit beiden Händen durch sein schütteres graues Haupthaar. Er galt als Frohnatur, spielte leidenschaftlich gerne Kartenspiele jeder Art und hatte seit nahezu vierzig Jahren dringend eine Abmagerungskur nötig. Wie immer trug er Anzug und Krawatte, deren Knoten er jetzt, gegen jede Gewohnheit, lockerte, was ihm ein ungewohnt verwegenes Aussehen verlieh.

„Hier steht", sagte Sauer belehrend, als unterrichte er seine Schulklasse, „dass an der Stelle mit dem roten Kreuz ein verbeulter Blecheimer gefunden wurde. Man entdeckte Reste eines Brandbeschleunigers, vermutlich Benzin, und herabgestürzte Teile des Dachstuhls, sowie Überbleibsel des zerstörten Altars. Keine Spur von einem Beichtstuhl".

„Ist das tatsächlich möglich?", fragte Katharina

Burg, Besitzerin eines Handarbeitsladen im Orts-zentrum und einziges weibliches Mitglied des Ge-meinderates.

Alle Augen wandten sich wie von selbst Max Becker zu. Mit knapp Vierzig war er der eindeutig Jüngste in der Runde. Er war gelernter Möbelschreiner, arbei-tete für einen Großbetrieb in der Kreisstadt, erledigte aber hin und wieder Aufträge von Gemeinde-mitgliedern mit ausgefallenen Sonderwünschen. Sei-ne gut sortierte Werkstatt hinter dem alten Schul-haus, gegenüber dem Gasthaus „Zur Krone", lieferte vom Melkschemel bis zum Bauernschrank praktisch alles, was die schwedische Konkurrenz nicht maß-angefertigt lieferte.

„Was meinst du, Max", wandte sich der Bürger-meister direkt an ihn, „kann ein Beichtstuhl durch ein Feuer spurlos verschwinden"?

Max Becker zögerte keine Sekunde. „Nein, eigent-lich nicht", sagte er mit fester Stimme. „ganz spurlos wohl kaum. Die Holzanteile können natürlich zu Asche verbrennen und vom Löschwasser wegge-spült werden, aber ein Beichtstuhl besteht nicht nur aus Holz." Er warf einen Blick in die Runde als erwarte er Widersprüche. Zumindest einen einzigen Widerspruch. „Die einzelnen Teile werden zwar, wie im vorigen Jahrhundert üblich, durch Zargen und Keile zusammen gehalten, aber ganz ohne die Hilfe von Metallteilen geht es natürlich nicht. Speziell die schwere Rückwand ist mit vier Eisenplatten am Mauerwerk befestigt. Diese Platten und auch die Scharniere, die Vorhangschienen und das Metallkreuz über dem Mittelteil, müssten den Brand überlebt haben".

Jeder der Anwesenden war praktisch mit dem verschwundenen Beichtstuhl aufgewachsen. Im Lauf ihres Lebens hatten sie ihm unzählige Besuche abgestattet. In jungen Jahren von den Eltern unter Androhung erzwungen, später aus tiefer Überzeugung, oder den Gesetzen der Dorfgemeinschaft folgend. Der Gang zum Beichtstuhl war Pflicht, aus Angst vor dem Teufel, oder dem vernichtenden Urteil der alten Weiber.

Bürgermeister Markus Zimmer klopfte mit gekrümmten Fingern auf den geschlossenen Brandbericht. Es klang seltsam gedämpft, als würden seine Knöchel trockenes Fleisch bearbeiten.

„Ich bin zusammen mit Pfarrer Hofbauer gestern da draußen gewesen", sagte er emotionslos, „haben uns alles genau angesehen, soweit das gefahrlos möglich war. Wir haben eine Stunde lang den Platz an dem der Beichtstuhl stand sorgfältig abgesucht. Nichts, nicht die kleinste Spur. Das Ding ist spurlos verschwunden, als habe es nie existiert".

Katharina Burg schüttelte ungläubig den Kopf. „Soll das heißen, der Beichtstuhl wurde entfernt, bevor das Feuer ausbrach?"

Max Becker, gelernter Möbelschreiner, rückte wie von selbst wieder in den allgemeinen Mittelpunkt. „Technisch machbar", bescheinigte er ungefragt der staunenden Runde, „ein erfahrener Handwerker zerlegt das Ding in wenigen Minuten in seine Einzelteile. Der Abtransport ist aber eine ganz andere Sache".

„Nicht unbedingt Frauensache, hab ich recht?", setze Katharina Burg nach.

„Nein, nur wenn ihr Hauptberuf Freistilringerin ist. Aber sie könnte Hilfe gehabt haben".

Katharina lächelte ein wenig hilflos. Sie hatte nicht die körperliche Härte einer Freistilringerin, aber eine große Familie mit drei erwachsenen Söhnen.

Karl Sauer dachte mit der scharfen Logik eines Akademikers und geübten Kartenspielers. „Selbst wenn es so gewesen ist, müsste nicht irgendjemand etwas gesehen oder gehört haben? Die Kirche liegt...nun ja...lag etwas abseits, aber nicht außer Sichtweite".

Bürgermeister Markus Zimmer hatte sich den halben Tag lang exakt diese Frage gestellt. „Erinnert ihr euch an die Stunden vor dem Brand?"

Sie erinnerten sich.

„Der Nebel, der von den Fischteichen herüberzog, war bis Mitternacht so dicht, dass man die Kirche vom Dorf aus nicht sehen konnte. Der da unten hätte in dieser Nacht völlig unbemerkt alle Glocken vom Turm holen können".

Über zwei Wochen hinweg war die Ruine der abgebrannten Kirche, die Attraktion der ganzen Gegend. Neugierige aus den umliegenden Ortschaften nahmen lange Spaziergänge in Kauf, um die Überreste in Augenschein zu nehmen. Sie umkreisten das Areal in bedächtigen Schritten, rauchten gemütlich billige Zigarren, naschten mitgebrachte Süßigkeiten, oder tranken Hochprozentiges aus kleinen Silberbechern. Manche schlugen ehrfürchtig das Kreuz oder beugten demütig das Knie. Besucher aus der fünfzehn Kilometer entfernten Kreisstadt gingen rationaler ans Werk. Sie kamen im Auto, meist mit den eigenen. Besonders an den Wochenenden waren die Wege rings um die ehemalige Kirche so zugeparkt, dass manche Bauern Mühe hatten mit dem Traktor eine Zufahrt auf ihre Felder und Äcker zu finden. In einigen Fällen schrammten Besucher und Einheimische nur knapp an handgreiflichen Auseinandersetzungen vorbei. Den absoluten Höhepunkt erreichte die Invasion, als ein knallgelber Autokran auftauchte, um die zwei unbeschädigten Glocken vom Kirchenturm zu holen. Die Aktion war in diversen Lokalblättern reißerisch angekündigt worden. Der Zustrom an Neugierigen war daher besonders groß. Kran und Kranführer arbeiteten fachmännisch. Nach drei Stunden wurden die Glocken auf bereitstehende Spezialtransporter verladen. Wie zu hören war, sollten sie in einer Gießerei an der tschechischen Grenze eingeschmolzen werden.

Die Dorfbewohner wussten was das bedeutet.

Einen Tag später rückten die Abrissbagger an. Gegen Mittag (eine Abordnung älterer Frauen protestierte lautstark aber erfolglos) fiel der glockenlose Kirchturm in sich zusammen. Als die Sonne über staubigen Mauerresten unterging, war die ehemalige Kirche nicht mehr als Solche zu erkennen. Am Nachmittag war eine monströse Planierraupe den Baggern zu Hilfe geeilt. Sie hatte das, was die Bagger von der Kirche übriggelassen hatten, zu haushohen Haufen zusammen ge-schoben. Am nächsten Tag sollten sie auf Lastwägen verladen und abtransportiert werden.

Der gefragteste Mann in diesen zwei Tagen, war natürlich Pfarrer Anselm Hofbauer. Bis auf ein paar zwangszugeteilter Asylanten aus dem nahen Osten und den Insassen einer Suchtklinik, wollte natürlich jeder gute und auch nicht so gute Christenmensch wissen, was aus Hofbauer selbst und dem allge-meinen Versprechungen der katholischen Kirche nach endgültiger Erlösung von allen irdischen Sün-den werden würde.

Pfarrer Hofbauer war in ständiger Verbindung mit

dem erzbischöflichen Ordinariat der Landeshauptstadt, hatte aber noch keine definitive Antwort auf seine zahlreichen Anfragen erhalten. Die Liste seiner Bedenken war gefühlt länger als die Originalversion des Lukasevangeliums: *Kommt ein Neuaufbau der Kirche in Frage und wenn ja, wo, wann und wie finanziert? Gibt es Pläne für eine Versetzung seiner Person in eine andere Pfarrei? Wenn ja, wann, wohin und auf Dauer, oder nur vorübergehend?*

Der Kontakt zu seinen Schäfchen wurde von Tag zu Tag schlechter.

Bürgermeister Markus Zimmer konnte die Situation trotz intensiver Versuche nicht spürbar entspannen. Das städtische Bauamt, Abteilung Historische Bauten, hüllte sich in demonstratives Schweigen. Man teilte ihm lediglich mit, für eine abschließende Entscheidung sei es noch zu früh, Geduld sei angesagt.

Seine Parteifreunde in der Stadt zu verstehen, war nicht immer leicht.

Der Gemeinderat pochte auf gewisse territoriale Anrechte. Schließlich sei nicht der Dom der Landeshauptstadt mutwillig abgefackelt worden, so wurde patriotisch argumentiert, sondern immerhin die Dorfkirche ihrer Heimatgemeinde. Lokale Interessen dürften nicht einfach unter den Teppich gekehrt werden. Wie schon so oft!

Als eben dieser Gemeinderat zu seiner vierzehntägigen Sitzung zusammen kam, fehlte überraschenderweise Bürgermeister Markus Zimmer.

Der kürzeste Weg vom Bürgermeisteramt zum Gasthaus „Zur Krone", führte über einen schmalen Fußweg zwischen dem verlassenen Gebäude der ehemaligen Dorfschule und dem Hühnerstall von Familie Widmann. Vor einigen Jahren hatte man versucht, die ehemalige Schule in ein Jugendzentrum umzuwandeln. Der Zuspruch der Dorfjugend war jedoch so übersichtlich gewesen, dass man rasch wieder davon abkam. Gegen das Freizeitangebot der Kreisstadt, konnte man mit einem aufgepeppten Schulgebäude nicht anstinken. Familie Widmann samt ihren Hühnern begrüßte diese Entscheidung voller Dankbarkeit.

Bürgermeister Markus Zimmer verließ seine Amtsstube mit sorgenvoller Miene gegen Neunzehnuhrdreißig. Er kontrollierte noch einmal sorg-fältig ob der Haupteingang und die Pförtnerloge (seit Jahren unbesetzt) ordnungsgemäß verschlossen waren. Er benutzte die schmale Pforte auf der Rückseite des Gebäudes, die direkt auf den schmalen Fußweg hinaus führte. Er näherte sich dem Hühnerstall von Familie Widmann, als er ein raschelndes Geräusch hinter sich hörte. Im nächsten Augenblick wurde ihm von hinten ein stinkender Kartoffelsack über den Kopf gestülpt. Ein spitzer Gegenstand bohrte sich in seine Leistengegend und eine scharfe Stimme sagte: „Ganz ruhig, Bürger-meister, was dich da kitzelt ist ziemlich gefährlich. Mach keinen Blödsinn".

Bürgermeister Zimmer war innerhalb einer Sekunde fest entschlossen keinen Blödsinn zu machen. Das Ding an seiner Leiste machte ihm deutlich, dass er und seine Hoden in ziemlicher Gefahr waren. Ganz eindeutig in Gefahr. Außerdem liebte er seine Hoden, sie begleiteten ihn seit mehr als fünfzig Jahren und er wollte sie nicht verlieren.

Der Unbekannte legte einen alten Kälberstrick um seinen Hals, zog die Schlinge mit einer Hand zu, bis

Zimmer einen leicht röchelnden Ton von sich gab und bugsierte ihn, wie einen Hund der Gassi geführt wurde, zum Ende des Fußweges. Ein weißer Lieferwagen verdeckte die freie Sicht auf die Straße hinaus. Das Gasthaus „Zur Krone" lag schräg gegenüber auf der anderen Straßenseite. Einem Gast, der in diesem Moment zufällig auf die Straße hinaus geblickt hätte, wäre nur ein weißer Lieferwagen aufgefallen. Die beiden Personen dahinter konnte er nicht erkennen. Zimmer wurde angewiesen in den Lieferwagen zu steigen und sich flach auf den Boden zu legen. Gesicht nach unten. Der spitze Druck in der Leistengegend verschwand. Trotzdem wagte er keine raschen Bewegungen. Im Innern des Lieferwagens roch es nach Laub und frischer Erde. Er spürte Steine oder feste Erdklumpen, die sich durch seine Kleidung in Brust und Bauch drückten. Die Seitentür wurde krachend zugeworfen. Der Unbekannte presste ihn fest auf den Boden, lockerte die Schlinge um seinen Hals und entfernte den stickenden Kartoffelsack. Er zwang Zimmer in eine leicht gekrümmt Seitenlage, setzte ein Glasfläschchen an dessen Mund und sagte:

„Trink das, Bürgermeister, und bitte keine langen Diskussionen".

Als er nicht sofort gehorchte, ritzte der spitze Gegenstand die Haut über seinem rechten Jochbein auf. Zimmer öffnete den Mund und trank die goldgelbe Flüssigkeit in großen, hastigen Schlucken.

Dreißig Sekunden später stürzte die Gegenwart in eine nicht enden wollende tiefschwarze Dunkelheit.

Der fade Geschmack im Mund war ekelerregend. Sein Kopf wurde hartnäckig von einem wild gewordenen Schabeisen in feine Späne zerlegt. Ein klarer Gedanke war nicht möglich, sein Verstand war auf dem besten Weg in kleine winzig Einzelteile zu zerfallen. Wie eine Tablette in heißer Flüssigkeit. Er fror entsetzlich, als habe man ihn in einen Eisblock gepackt und in einen Kühlraum verfrachtet.

Der Sturz in eine tiefschwarze Dunkelheit (er erinnerte sich an die goldgelbe Flüssigkeit, die er mit hastigen Schlucken getrunken hatte), war dem sanften Gleiten durch eine graue Nebelwolke gewichen. Nichts war greifbar, nichts real, er trieb durch eine Welt angefüllt mit falschen Bildern in falschen Farben. Er sehnte sich nach Licht und Wärme, ganz besonders nach Wärme.

Es dauerte eine Weile – eine kleine Ewigkeit konstatierte sein dahintreibender Verstand – ehe sich die Nebelwolke langsam auflöste und ein weit entfernter Horizont auftauchte. Die falschen Bilder verloren an Glaubwürdigkeit , der Horizont war zwar grau und düster, aber real und das war irgendwie außerordentlich tröstlich.

Mehr als das, der graue Horizont lebte. Er lebte. Das goldgelbe Zeug hatte ihn nicht umgebracht.

Das Telefongespräch mit Bürgermeistergattin Tina Zimmer war kurz und erfolglos. Katharina Burg schilderte ihrer Freundin aus Kindertagen und aktiver Mitstreiterin in einigen sozialen Projekten die augenblickliche Situation, fragte nach dem Verbleib ihrer Mannes, erfuhr, dass Tina Zimmer nichts zur Aufklärung beitragen konnte und verabredete sich mit ihrer Freundin („*man sieht sich viel zu selten, Kleines*") für den kommenden Sonntag zum Frühstück im Cafe Meinhard.

Spätestens als Katharina Burg in die Runde der

versammelten Gemeinderatsmitglieder zurückkehrte und nur hilflos mit den Schultern zuckte, ergriff die Runde echte Besorgnis. Markus Zimmer fehlte niemals unentschuldigt und seine Frau Tina wusste eigentlich immer, wo er sich aufhielt. In jungen Jahren war er ein kleiner Luftikus gewesen, das wusste jeder im Dorf, aber seit er mit Tina verheiratet war, hatte er sich privat zu einem unauffälligen Langweiler entwickelt. Das lag zum Teil an Tinas resolutem Auftreten, zum Teil aber auch an seinen selbstgesteckten politischen Zielen. Markus Zimmer hoffte eines Tages Landrat zu werden.

„Merkwürdig", konstatierte Hauptschullehrer Karl Sauer, „das ist sonst gar nicht seine Art".

„Ach ja, und was ist sonst seine Art, Herr Lehrer?" hakte Dachdeckermeister Florian Zech nach. Einer der zwei Mitglieder der örtlichen Opposition wirkte verstört, aber keinesfalls besorgt. „Zanken, zaudern, zerreden vielleicht?"

Karl Sauer schob seine hundertvierzig Kilogramm Lebensgewicht bedächtig in den Mittelpunkt der Runde. „Was soll das werden, Florian, betreibst du hier Wahlkampf?", donnerte er aufgebracht. „Spar die das für das nächste Jahr auf".

„Darf ich dich daran erinnern", giftete Zech zurück, „dass vor nicht einmal vier Wochen unsere Kirche abgebrannt ist. Irgendein total bescheuertes ....Entschuldigung....Arschloch hat sie mit Superbenzin übergossen und abgefackelt. Und wissen Sie was, Herr Lehrer, ich denke, wir sollten uns endlich darum kümmern. Der Herr Bürgermeister fehlt zum denkbar schlechtesten Zeitpunkt, findest du nicht auch"?

Karl Sauer fand das auch.

Man vertagte die Sitzung, nach Antrag der Opposition, auf den folgenden Tag.

Markus Zimmer glaubte zunächst, er befände sich in einem abgedunkelten Kinosaal. Er steckte in einer engen, muffig riechenden Kabine, eingehüllt von zuckenden blauen Lichtern, die von einem unsichtbaren Projektor gegen eine unsichtbare Wand geschleudert wurden. Seine Augen schmerzten brennend, versunken hinter staubtrockenen Lidern aus Sandpapier. Aus seinen Mundwinkeln lief eine säuerliche Flüssigkeit, in seinen Ohren spielte ein Orchester trommelnde Rhythmen. Seine Sinne arbeiteten hinter einem glitzernden Vorhang aus schweren Stofffetzen. Es fiel ihnen unendlich schwer vernünftige Resultate zu liefern. So ähnlich, wenn auch nicht ganz so zerrissen, hatte er sich vor ein paar Monaten nach dem Aufwachen aus einer Vollnarkose gefühlt. Bitterböse Erinnerung an eine rektale Untersuchung der Sonderklasse.

Aus den blauen zuckenden Lichtern wurde langsam ein gleichbleibendes dünnes Licht hinter schweren Stofffetzen. Bald darauf nahm er erste glaubwürdige Einzelheiten wahr. Ein gitterartiges Geflecht vor seinen brennenden Augen, ein Kissen auf dem er kniete, gefesselte Hand- und Fußgelenke, eine gefährliche Enge und Unbeweglichkeit. Er versuchte auf die Beine zu kommen, instinktiv wie ein Boxer der das Zählen des Ringrichters hört: *Vier, Fünf, Sechs, komm hoch mein Junge,* sagte der Ringrichter in seinem Kopf, *deine letzte Chance!*

Die Ledermanschetten über seinen Hand- und Fußgelenken waren kein Produkt überdrehter Sinneswahrnehmungen; sie existierten wirklich. Sie waren mit ovalen Metallringen an den Kabinenwänden befestigt. Jeder Versuch den Anweisungen des Ringrichters zu folgen, versuchte ein klirrendes Geräusch als würden blankpolierte Kettenglieder aneinander prallen. Die Manschetten waren an der Innenseite mit weichem Stoff ausgeschlagen und verursachten keinerlei echte Schmerzen. Das Gefühl gefangen zu sein, das immer mehr zur Gewissheit wurde, war weit schmerzhafter. Der Ringrichter sagte: *Acht, Neun, aus,* und Bürgermeister Markus Zimmer wusste plötzlich mit erschreckender Sicherheit, dass er den Kampf um die Dorfmeisterschaft im Schwergewicht haushoch verloren hatte.

Hinter dem gitterartigen Geflecht vor seinen Augen, öffnete sich genau in der Mitte ein schmaler Spalt der zunehmend breiter wurde. Es sah aus als würde der Vorhang zur Bühne eines Puppentheaters aufgezogen. Die Bühne war düster und unbeleuchtet. Durch die rautenartigen Gitteröffnungen strömte diffuses, graues Licht zu ihm herein. Es war mit einer Unzahl winziger Staubpartikel durchsetzt.

Unwillkürlich drehte er den Kopf zur Seite und hielt sekundenlang den Atem an.

„Nur nicht so empfindlich, Bürgermeister", sagte

eine bekannte Stimme, „wir sind erst am Anfang".

Zimmer erkannte die Stimme augenblicklich wieder. Sie gehörte dem Unbekannten, der ihm einen Kartoffelsack über den Kopf gezogen und einen goldgelben Zaubertrank verabreicht hatte. Von den Ledermanschetten um seine Extremitäten ganz zu schweigen. Er hasste diesen Mann plötzlich aus tiefster Seele. Nicht einfach nur so, weil die Situation es irgendwie erforderte. Nein, er hasste diesen Mann, weil im plötzlich klar wurde, in welcher Art Gefängnis er gefangen gehalten wurde. Sein Gefängnis war ein Beichtstuhl und der Mann ein gottverdammter Brandstifter.

„Markus ist immer noch nicht aufgetaucht", sagte Tina Zimmer sichtlich aufgeregt zu ihrer Freundin Katharina Burg. „Langsam mach ich mir echte Sorgen um ihn. Es wird doch nichts passiert sein".

Ihre Freundin war nach abgesagter Gemeinderatssitzung auf eine kurze Stippvisite bei ihr hereingeschneit. „Was soll denn passiert sein", entgegnete sie wenig überzeugend, „ich vermute mal, die Geschichte hängt mit der abgebrannten Kirche zusammen. Es gibt hundert Kleinigkeiten zu klären, das bringt alles ziemlich durcheinander".

Die beiden Frauen trennten sich am frühen Abend mit dem Versprechen, eng in Verbindung zu bleiben.

Das Gesicht hinter dem Gittergeflecht war nicht mehr, als ein dunkler Schatten. „Wo bin ich?", fragte Markus Zimmer wütend.

Der Unbekannte lachte belustigt. „Sei nicht albern, Bürgermeister, was für eine dumme Frage".

Die unerwartete Zurechtweisung zeigte eine offenbar erwartete Wirkung. Zimmer zerrte heftig an seinen Fesseln, bis ihm klar wurde, wie sinnlos seine Bemühungen waren. „Ich hätte mehr Stil von dir erwartet", sagte der Unbekannte gelassen, „du benimmst dich wie ein Idiot".

Die restlichen Nebelfetzen um seinen Verstand lösten sich nur langsam vollständig auf. So sehr seine Wut auch berechtigt war, sie brachte ihn keinen Schritt weiter. Der Mann war offenbar kein Verrückter, keiner von den Spinnern die mit Lastwägen in Menschenmassen rasen oder in die Schlafzimmer einsamer Frauen einstiegen. Der

Mann war gerissen und er wusste offensichtlich genau was er wollte.

„Na schön", sagte Zimmer nach einer kurzen Pause, „dann versuchen wir es damit. Warum bin ich hier"?

„Weil ich ein paar dringende Fragen an dich habe", antwortete der Mann vielsagend. „Dein Leben hängt möglicherweise davon ab".

„Sei nicht albern, Mann", sagte Zimmer, „was für eine dumme Behauptung, ich hätte mehr Stil von dir erwartet".

Der Unbekannte hinter dem Gitter lachte belustigt, wurde aber sofort wieder ernst. „Ist das Gegenwehr oder Überheblichkeit?

Markus Zimmer antwortete mit einem ratlosen Seufzer. Er war nie in einer Situation wie dieser gewesen, nicht einmal in einer ähnlichen. Körperliche Konfrontation war nicht seine Sache. Diplomatie schon eher, aber die Gefangenschaft in einem Beichtstuhl ließ sich nicht mit Diplomatie beenden. Außerdem hatte der Mann eine Kirche in Brand gesteckt, diplomatisch betrachtet eine böse, böse Geschichte. Ganz nüchtern betrachtet ein großer Haufen abstrakter Scheiße. Mit einem Bürgermeister vom Lande auf einem Stapel Feuerholz sitzend, mochte der Mann vielleicht ähnliche Pläne haben. Zweifellos befand er sich in der besseren Position und das war ein weiterer Haufen ziemlich abstrakter Scheiße.

„Lassen wir das Katz und Maus Spiel", erwiderte Zimmer resigniert, „sag mir einfach was Sache ist".

Der Unbekannte beugte sich etwas nach vorne. Das trockene Holz des Beichtstuhls knurrte böse. „Du weißt worin wir beide sitzen"?

„Ja" sagte Zimmer. Mehr war nicht nötig.

„Wie oft bist du schon in diesem Beichtstuhl gesessen, Bürgermeister?"

„Oft, sehr oft. Ich bin mit ihm aufgewachsen". Die feinen Staubpartikel setzten seine Kehle in Brand. Das Sprechen fiel ihm von Sekunde zu Sekunde schwerer.

„Und wie oft hast du hier gekniet, Bürgermeister, ehrfürchtig das Kreuz geschlagen und versprochen die Wahrheit zu sagen, obwohl schon dein erstes Wort eine Lüge war"? Die Stimme des Mannes hatte einen gefährlichen Unterton angenommen. „Und wie oft hat man dir geglaubt, dir verziehen, dich frei-gesprochen, Bürgermeister? Immer und immer wie-der".

„Anfangs waren wir ängstliche Kinder", krächzte Zimmer, „dann sorglose Teenager, später Männer mit Phantasien. Erst mit der Zeit begannen wir zu verstehen. Politik ist nun mal ein Geschäft".

„Oh nein, Bürgermeister, ihr habt nicht verstanden. Ihr habt gelernt mit der Lüge zu leben, weil sie zu euerm Vorteil ist, weil sie euch nützt. Hier an dieser Stelle, genau da wo du in diesem Moment kniest und krampfhaft überlegst wie gut deine Chancen stehen zu überleben, auf heiligem, gesegneten Boden greifst du wieder zu einer Lüge. Du bist ein ver-dorbener Mensch, Bürgermeister".

Markus Zimmer spürte den Hustenreiz in seiner Kehle stärker werden. Einen Moment glaubte er ersticken zu müssen. Sein Atem zischte wie ein altes Dampfbügeleisen auf höchster Stufe.

„Willst du es noch einmal versuchen, Bürger-meister?

„Was versuchen"?

„Willst du?"

„Ja", zischte Markus Zimmer nichtsahnend, „ich will". Die Angst vor dem Unbekannten hing an seiner ausgetrockneten Kehle wie ein hungriges Raubtier.

„Aber ich warne dich", sagte der Unbekannte teilnahmslos, als würde er einen Kinderwitz erzählen, „ein falsches Wort von dir und der Beichtstuhl geht in Flammen auf. Du weißt ich habe Übung darin, Feuer ist mein Element. Es ist deine letzte Chance".

„Ich verstehe", stimmte Zimmer zu.

„Nein, ich glaube nicht", widersprach der Unbekannte, „tatsächlich bist du nur eine kleine Flamme vom Tod entfernt, Bürgermeister, nur eine winzige kleine Flamme".

Markus Zimmer schwieg. Diskussionen machten keinen Sinn. Plötzlich wurde ihm mit kalter Logik bewusst, dass er in ernsthafter Gefahr schwebte.

„Hör genau zu, mein Freund, ich werde versuchen es dir zu erklären". Die Stimme des Mannes klang dozierend. Karl Sauer, der dicke Hauptschullehrer sprach manchmal so gedehnt, wenn er einen seiner berüchtigten Monologe vor dem Gemeinderat hielt. „Ein Beichtstuhl ist in der Tat ein magischer Ort. Kein göttlicher Ort, Gott hat nichts, aber auch gar nichts damit zu tun. Und glaub mir, Bürgermeister, die goldverzierte Kirche um einen Beichtstuhl herum ist nur Zierrat. Der ganze Pomp ist nichts wert, nicht das Geringste".

Der Unbekannte stöhnte leise.

„Es gibt nicht sehr viele magische Orte", fuhr er fort, „Orte wie einen Beichtstuhl. Vielleicht der Platz, an den ein Soldat seinen schwerverletzten Kameraden zerrt und ihm so das Leben rettet, oder eine Wasserquelle inmitten einer verlorenen Sandwüste. Es könnte auch der Platz sein, an dem ein Schwerlaster um Haaresbreite ein spielendes Kind verfehlt. Ein Platz an dem neues Leben entsteht und ein altes Leben friedlich einschläft".

Das Stöhnen wiederholte sich, deutlich schmerzlicher.

„Alle diese Plätze haben eines gemeinsam, Missgunst, Neid und die Lüge bringen sie in Gefahr. Männer wie du, Bürgermeister, sind ihre Totengräber".

Markus Zimmer verzog angewidert das Gesicht. Er hoffte, der Unbekannte war so sehr mit sich selbst beschäftigt, dass ihm die deutliche Missbilligung dessen, was er in den letzten Minuten an billiger Scheiße von sich gegeben hatte, nicht auffallen würde. Er lauschte einen Moment den leisen Atemzügen des Mannes. Sie klangen gleichmäßig und entspannt.

Ein stechender Schmerz in seinen überlasteten Knien ließ ihn krampfartig zusammenfahren. Der Beichtstuhl schwankte leicht vor und zurück. Ein Teil des Gittergeflechts, dicht vor seinem Gesicht, platze auf und wirbelte eine dunstige Staubfahne auf. Die alten Holzteile krächzten im Chor, wie eine Schar böser, alter Krähen.

„Geht es dir gut, Bürgermeister?" Der Unbekannte klang weder besorgt, noch in irgendeiner anderen Form emotional aufgewühlt.

Zimmer schüttelte ruckartig den Kopf. Der aufgewirbelte Staub setzte seinen Augen heftig zu, drang tief in seine Nase ein und verklebte die Schleimhäute. Der ekelerregende Geschmack in seinem Mund kehrte zurück. Er hustete dünnen Schleim über das zersplitterte Gittergeflecht.

„Bürgermeister", sagte der Mann dröhnend, „geht es dir gut"?

Eine unvorsichtige Stimme in seiner Brust wollte schreien: *Ich bin an einen Beichtstuhl gefesselt, sitze einem Irren vom Stamm der Weltverbesserer gegenüber und mach mir gleich in die Hosen. Es geht mir phantastisch!*

Aber er sagte nur atemlos: „Ich bin okay".

„Ausgezeichnet", sagte der Mann, „ganz ausgezeichnet".

Zimmer schnaubte ungerührt den Staub aus seiner Nase. Ein feiner Sprühregen klatschte auf seinen rechten Unterarm und bildete winzige, blass gelbe Tropfen. Sofort fiel ihm das Atmen leichter. Er presste einen Schwall frischer Luft in die Lungen und spürte sofort kalte Angst in sich aufsteigen. In seinem Gefängnis roch es plötzlich intensiv nach Benzin. Draußen, hinter den zersplitterten Gitterstäben, vor dem schattenhaften Gesicht des Unbekannten, erblühte eine helle, blau umrandete Flamme.

Gegen Mitternacht konnte Tina Zimmer nicht länger an sich halten. Die Sorge um ihren Mann war stärker als jedes vernünftig unterlegte Denken. Sie setzte sich in ihren Kleinwagen, überlegte kurz und fuhr hinaus zu dem Platz an dem einst die Dorfkirche gestanden hatte. Was genau sie zu finden hoffte wusste sie nicht, aber hier draußen war die Luft klar und frisch und allein das vertrieb einen Teil der trüben Gedanken in ihrem Kopf. Der Rest ihres Verstandes sagte, dass ihr Mann blutüberströmt in einem Straßengraben lag und nie wieder zu ihr zurückkehren würde. Das Leben war einfach nicht gerecht, jedenfalls nicht zu Menschen die stets ihr Bestes gaben.

Sie setzte sich auf einen Stapel sorgsam aufgeschichteter Ziegelsteine und rauchte gierig eine Zigarette. Vielleicht, dachte sie, gibt es eine ganz einfache Erklärung für das Verschwinden meines Mannes. Zum Beispiel eine andere Frau, eine dieser hüftenschwingenden, vollschlanken Schlampen aus der Stadt. Markus stand auf schwingende Hüften, niemand wusste das besser als sie.

Ein Stück entfernt heulte ein Hund. Daisy, die Mischlingshündin von Bauer Neidermeier, dachte Tina Zimmer, die blöde Töle heult oft grundlos die halbe Nacht. Sie steckte sich eine zweite Zigarette an. Es gab nichts Sinnvolleres zu tun in dieser Nacht.

Im Dorf hinter dem kleinen Buchenhain brannten nur noch wenige Lichter. Langsam wurde es kalt. Sie bedauerte es keine Jacke, oder wenigstens einen wärmenden Schal mitgenommen zu haben. Sie verschränkte die Arme vor der Brust und ließ unschlüssig den Kopf sinken.

Nach einer Weile stand sie auf, schlug wütend mit den Fäusten auf den Stapel Ziegelsteine ein und verfluchte die Tränen in ihren weit aufgerissen Augen. Nichts würde mehr so sein wie früher. Nichts!

„Bist du jemals fremdgegangen, Bürgermeister"?

Der Unbekannte war noch immer ein graues Schattenwesen. Die Flamme dicht vor seinem Gesicht hatte nur für einen Augenblick gebrannt, viel zu kurz um irgendwelche Einzelheiten erkennen zu können. Aber der beißende Benzingeruch zog noch immer drohend durch die enge Kabine.

„Was"? Die Frage kam vollkommen überraschend.

„Fremdgehen, außereheliches Lass-mich-mal-ran, muss ich dir erklären was fremdgehen bedeutet.

Gütiger Himmel, wie konntest du jemals Bürgermeister werden"?

Das Spiel begann, oder die Prüfung, der Test, die Beweisaufnahme, das Tribunal, Markus Zimmer spürte es mit absoluter Sicherheit. *Männer wie du, Bürgermeister, sind die Totengräber jeder Wahrheit*, hörte er den Unbekannten in seinem Kopf sagen.

„Nein, bin ich nicht", sagte er mit fester Stimme.

„Hast du je ordentlich in die Gemeindekasse gegriffen, dich mal so richtig bedient? Nein, nein, nicht bloß einen Blumenstrauß für die Frau, oder das Taxigeld für die Fahrt in die Kreisstadt abgezweigt. Ich meine richtig, eine Summe die nicht mehr in eine Brieftasche passt".

Zimmer ermahnte sich zu äußerster Vorsicht. „Nein, habe ich nicht. Ich wüsste nicht, wie ich das unbemerkt anstellen sollte".

Wieder dauerte das Aufleuchten der Flamme hinter den Gitterstäben nur den Bruchteil einer Sekunde. Trotzdem war die Warnung mehr als deutlich. Der Unbekannte glaubte an eine Lüge. Der beißende Benzingeruch wurde intensiver.

„Sei nicht albern, Bürgermeister", erklärte der Unbekannte unbeeindruckt, „noch eine Lüge wirst du nicht überleben".

Markus Zimmer fragte sich unschlüssig, was all diese Fragen für einen Sinn haben sollten. Was beabsichtigte der Fremde, und entsetzlicher, weitaus entsetzlicher, was zum Teufel wusste er? Wusste er überhaupt etwas oder stocherte er nur blind herum?

„Warum wurde vor einem halben Jahr der Vorgänger von Pfarrer Hofbauer abgelöst"? Die Stimme des Unbekannten war absolut emotionslos. „Er war mehr als fünfzehn Jahre euer Pfarrer. Was ist damals passiert, Bürgermeister"?

Der Zugriff auf eine noch nicht ganz verheilte Wunde machte Zimmer eines klar, der Unbekannte wusste genau wo er ansetzen musste.

„Eine Entscheidung der Erzdiözese", antwortete Zimmer ausweichend, „wenn ich über Wasser gehen könnte, wüsste ich mehr dazu zu sagen". Er hoffte der Mann würde die wahren Hintergründe nicht kennen, sah sich aber sofort eines Besseren belehrt.

„Genug", donnerte er hart, „ich habe genug gehört". Er erhob sich ruckartig, öffnete die hüfthohe Absperrung im Mittelteil des Beichtstuhls und schob sich mit zwei raschen Schritten hinter den an Händen und Füßen gebundenen Markus Zimmer. Der Bürgermeister spürte kalten Schweiß auf seinem Gesicht, die Angst war beinahe greifbar. Er wollte schreien, aber aus seiner Kehle drang nur ein staubiges Röcheln. Er zerrte mit schwindender Kraft an seinen Fesseln, realisierte aber schnell, dass er so nicht weiter kam. Sein Kinn sank auf die Brust, nur mit äußerster Anstrengung konnte er die Tränen zurückdrängen.

Noch eine Lüge wirst du nicht überleben, Bürgermeister!

Tina Zimmer saß im Wintergarten ihres Hauses und starrte in die Nacht hinaus. Nach einer Flasche Rotwein, war sie inzwischen in einem Zustand glasiger Betrunkenheit. Die Tränen waren nicht wiedergekommen und die Sorge um ihren Mann wurde durch den Alkohol in ihrem Blut auf ein erträgliches Maß reduziert. Sie rauchte eine weitere Zigarette. Das Gefühl absoluter Hilflosigkeit nahm angenehme, beinahe tröstliche Züge an. Die Müdigkeit nach einem langen gebrauchten Tag kam plötzlich, wie ein sanfter Windstoß in einer verführerischen Sommernacht.

„Du bist Vater eines unehelichen Kindes, Bürgermeister, hab ich recht?" Die Stimme aus dem Hintergrund war wieder so träge, wie sie fast das ganzes Gespräch über gewesen war. „Das Mädchen ist inzwischen ein Teenager, lebt bei ihrer Mutter und hat keine Ahnung wer ihr leiblicher Vater ist. Das wird sich ab sofort ändern. Du wirst es ändern. Hast du mich verstanden"?

„Ja", sagte Markus Zimmer.

„Als nächstes wirst du den Verlust in der Gemeindekasse ausgleichen. Du und ein befreundeter Rechtsanwalt habt vor zehn Jahren, für einen lächerlichen Betrag eine Feuchtwiese erworben. Vor zwei Jahren hat die Gemeinde dort, mit deiner ausdrücklichen Unterstützung, eine Umgehungsstraße gebaut. Der Preis, den ihr beiden Halunken der Gemeinde für die Wiese in Rechnung gestellt habt, war exorbitant hoch. Der Gewinn den Du und dein Freund erzielt haben war gigantisch. Du wirst das in Ordnung bringen. Haben wir uns verstanden"?

Markus Zimmer stieß ein verrücktes kleines Lachen aus. „Wie soll ich das bewerkstelligen? Das Geld ist natürlich längst aufgebraucht. Ich habe es in andere Investitionen gesteckt", versuchte er verzweifelt zu erklären.

„Dann nimm einen Kredit auf", meinte der Unbekannte trocken, „oder bitte deine Parteifreunde darum. Wozu hat man denn sonst Freunde"?

Markus Zimmer schwieg. Sein bisheriges Leben ging soeben den Bach runter. Er durfte das nicht zulassen, seine Existenz stand auf dem Spiel.

„Leg bei der Finanzierung noch ein paar Scheine drauf, deine Tochter hat gewiss noch ein paar Sonderwünsche, Du weißt doch, wie Teenager so sind".

Sein Leben ging nicht mehr den Bach hinunter, es wurde gerade in ein tosendes Meer gespült.

„Der Vorgänger von Pfarrer Hofbauer kehrt natürlich zurück, das versteht sich ja wohl von selbst", setzte der Mann in seinem Rücken fort. „Einen alten Mann aus der Gemeinde ekeln, nur weil er deine kleinen Geschenke nicht annehmen wollte, ist wirklich unterste Schublade, mein lieber Bürgermeister. Und diese albernen Schmähbriefe an den Bischof, was hast du dir dabei nur gedacht"?

Inzwischen hatte sein ehemaliges Leben, den zehntausend Meter tiefen Grund des Marianengrabens erreicht.

„Noch ein offenes Wort, bevor ich dir die Fesseln abnehme". Ein winziges kleines Licht, kaum größer als die Flamme vor dem Gesicht des Geisterwesens hinter ihm, tauchte an einem weit entfernten gezackten Horizont auf. „Deine Kollegen aus dem Gemeinderat sind natürlich kein bisschen besser als du, das muss ich dir ja nicht erzählen. Ich werde sie alle, nach und nach, zu einem Gespräch einladen. Hauptschullehrer Karl Sauer, der Zensuren nach Bezahlung vergibt, oder Dachdeckermeister Florian Zech, der seinen Kunden billiges Material als hochwertiges Baumaterial auf die Rechnung setzt. Katharina Burg setzt ihre Söhne übrigens als Aushilfskräfte von der Steuer ab, obwohl sie eigenen, lukrativen Berufen nachgehen. Hast du das gewusst"?

Nein, hatte Zimmer nicht.

„Du willst mich gehen lassen"? Er traute sich kaum die Frage auszusprechen.

„Oh, nein, versteh mich bloß nicht falsch". Der Mund des Mannes war dicht an seinem Ohr. Er flüsterte, was Zimmer bedrohlicher empfand als einen grellen Schrei. „Du bekommst eine zweite Chance, wie üblich in einem Beichtstuhl. Jeder bekommt eine zweite Chance. Aber ich gebe dir einen guten Rat. Kriech jeden Morgen mit erhobener Nase aus dem Bett. Wenn du deine Versprechen brechen solltest, wird es in deinem Haus irgendwann nach Benzin riechen."

Der Mann setzte ein kleines Fläschchen mit einer goldgelben Flüssigkeit an Zimmers Mund. „Trink das, Bürgermeister", sagte er leise.

Markus Zimmer lächelte dankbar.

Ina Zimmer fand ihren Mann am nächsten Morgen. Ein anonymer Anrufer teilte ihr mit, dass sie ihn draußen bei der abgebrannten Kirche finden würde. Er lag hinter dem Stapel fein säuberlich auf-geschichteter Ziegelsteine, auf dem sie noch in der Nacht gesessen und hintereinander mehrere Ziga-retten geraucht hatte. Er war in keinem guten Zustand, aber er lebte. Sie schaffte ihn nach Hause, pumpte ihn mit Flüssigkeit und selbstgemachter Gemüsesuppe voll und steckte ihn ins Bett. Er schlief vierzehn Stunden. Sie informierte alle erreichbaren Verwandten und eine Auswahl der besten Freunde darüber, dass Markus wieder aufgetaucht und bei halbwegs guter Gesundheit war. Fragen zum Hergang der nächtlichen Ereignisse beantwortete sie nicht.

In einem Zeitraum von neunzig Tagen ereigneten sich drei aufsehenerregende Dinge, über die wochenlang in der Gemeinde diskutiert wurde. Im Schaukasten vor dem Bürgermeisteramt wurde ein Schreiben des bischöflichen Ordinariats an den Gemeinderat zum Aushang gebracht, in dem die Rückkehr des alten Dorfpfarrers (nach langer überstandener Krankheit) in Aussicht gestellt wurde. Zu einem eventuellen Wiederaufbau der abgebrannten Dorfkirche äußerte man sich nicht.

Ende des Monats verschwand Hauptschullehrer Karl Sauer und tauchte erst zwölf Stunden später, in einem ziemlich mitgenommenen Zustand wieder auf. Er behauptete von einem Unbekannten überfallen und betäubt worden zu sein. Ansonsten fehle ihm jede Erinnerung. Noch im gleichen Monat, stellte er alle Ehrenämter die er innerhalb der Gemeinde bekleidete zur Verfügung, kündigte seine Stellung als Lehrer und zog sich auf sein Altenteil zurück. Die Kartenabende im Gasthaus „Zur Krone" fanden immer öfter ohne ihn statt.

In der Nacht zu Ostersonntag brach im Büro von Bürgermeister Markus Zimmer Feuer aus. Der Schaden hielt sich in Grenzen. Die Feuerwehr konnte ein Übergreifen auf das komplette Gebäude verhindern und die Flammen rasch eindämmen. Einige Mitglieder der freiwilligen Feuerwehr gaben an, dass im Erdgeschoss leichter Benzingeruch aufgefallen war.

Am Tag darauf besuchte der Bürgermeister eine Fünfzehnjährige und führte ein langes, intensives Gespräch mit ihr.

- E N D E -

TIEFBLAU

Martin Linnemann hatte es eilig. Er stürmte durch den offenen Eingangsbereich des Parkhauses gegenüber der Feuerwache an der lärmenden (weil einzigen) Hauptverkehrsstraße seiner Heimatstadt und riss die Tür zum Treppenhaus auf. Den Mann links vor den gelben Kassenautomaten, nahm er nur schemenhaft als dunklen Schatten war. Wenn überhaupt. Er existierte praktisch nicht, aber das sollte sich im Laufe der nächsten Wochen ändern. Der Mann kramte nervös im Münzfach einer schwarzen Geldbörse. Jedenfalls hörte sich das helle Klimpern von Metall, das seltsam unmelodisch klang, genau danach an. Er drehte Martin den Rücken zu, hielt den Kopf, auf dem ein abgegriffener grauer Herrenhut saß, tief gesenkt und bedachte den Automaten mit einem gemurmelten Fluch aus der nicht ganz jugendfreien Schublade. Es klang wie „Geldgieriges Monster, soll ich dir vielleicht auch noch eine Kreditkarte in den Arsch schieben?" Martin lächelte amüsiert. *„Der Mann schient meine geschiedene Frau zu kennen",* dachte er verständnisvoll.

„Monika könnte mit einer Kreditkarte im Arsch, ganz vorzüglich den Rest ihrer Tage verbringen."

Seine Verflossene, wiederverheiratete Frau Peters, hatte es sich schon während ihrer siebenjährigen Ehe (statistisch ein echter Volltreffer) zur Gewohnheit gemacht, überwiegend und ausschließlich unter dem Schutz seiner Kreditwürdigkeit zu leben.

Der Gedanke an seine Ex-Frau erkaltete genauso schnell, wie er aufgekocht war. Sie hatte einen neuen, gutgläubigen Ehemann aufgetan, dem Sie, so stand zu vermuten, die sauer verdienten Kröten aus den Rippen leierte. Die ganze Sache ging ihn nichts mehr an. Er war darüber hinweg. Außerdem hatte er es eilig, verdammt eilig sogar. Das Meeting mit den Lieferanten war schon einmal verschoben worden, ein weiterer Aufschub hätte eine finanzielle Achterbahnfahrt mit ungewissem Ausgang bedeutet. Trotzdem dachte er noch einmal an den Fluch, den der Mann, der ihm immer noch den Rücken zudrehte, dem gelben Kassenautomaten zugeraunt hatte. Etwas daran war merkwürdig unpassend. Die Stimme des Mannes war nicht die Stimme eines über alle Maßen genervten Mannes gewesen, der bereit war, einen Blechkasten, der ihn virtuell aufforderte endlich seine gottverdammten Parkgebühren zu bezahlen, ordentlich den Marsch zu blasen. Die Worte des Mannes, vermutlich durch halboffene Lippen gepresst, hatten seltsam metallisch geklungen. Wie durch einen überlasteten Billiglautsprecher gequetscht. Er lächelte wieder. Der Gedanke an seine Ex-Frau, schien einen Schuss Nervengift zu beinhalten, der ihm den Verstand raubte. Er hastete weiter, aber ein giftiger Geschmack in seinem Mund blieb zurück.

Als er die Tür zum ersten Parkdeck erreichte (wie immer stach ihm der ausgefranste Aufkleber: *„Der FC St.Pauli hat Tradition, der FC Bayern nur rotweiße Scheiße"* in die Augen), und eine Kehrtwendung nach links Richtung Parkdeck Zwei machte, sah er durch die Glasfront im Erdgeschoss wie der Mann vor den Kassenautomaten auf dem Absatz herumwirbelte und abrupt stehen blieb. Er konnte sehen, dass der Mann immer noch seine Geldbörse umklammert hielt, irgendwie krampfhaft als enthielte sie einen wertvollen Schatz, den er mit niemand teilen wollte. Zwischen den Fingern seiner linken Hand steckte ein Geldschein. Der Farbe nach zu urteilen ein Fünfeuroschein. Er riss die Zwischentüre zum Treppenhaus auf, blieb einen Moment unschlüssig stehen und starrte Martin mit dem verbitterten Blick eines Mannes an, der bis über beide Ohren in Schwierigkeiten steckte. Ein dunkelblauer Mantel mit Schulterstücken, der schon in den Jahren als seine Ex-Frau noch aktiv seine Bargeldbestände geplündert hatte, aus der Mode gekommen war, verhüllte seine schmalen Schultern. Eine knielose Hose (es schien als würden dünne Stelzen darin stecken) schrie nach einer gepflegten Bügelfalte, auf die sie, Gott-sei´s-geklagt, seit undenklich langer Zeit mangels fehlender Hinwendung dauerhaft verzichten musste. Ein fahlgelber Schal in Flohmarktqualität und billige Winterstiefel mit farbigen Schnürsenkeln, machten sein Outfit perfekt. „Er wird gleich durchdrehen", dachte Martin, „und weil ich die einzige Person weit und breit bin, wird er seine ganze Wut an mir auslassen. Sieh dir bloß diese Augen an, der Kerl ist......."!

Noch ehe sein Verstand in der Lage war, dem ultimativen Zustand des Mannes eine unstrittige gedankliche Form zu geben, erkannte er, wie falsch seine Sichtweise der Dinge bis zu diesem Moment gewesen war. Das Gesicht unter der Hutkrempe war schmal, nicht eingefallen, wie er zunächst vermutet hatte. Augen, tiefblau wie der abgetragene Wintermantel, weit aufgerissen, aber keine Spur von Wut oder Verzweiflung ausstrahlend, sahen ihn stumm an. Der volle rote Mund zwischen leicht hochgezogenen Mundwinkeln, schien für eine Sekunde zu lächeln.

Eine Frau, dröhnte eine Stimme tief in seinem Kopf, *so kann nur eine Frau lächeln.*

Unschlüssig was er tun sollte, ging er langsam die wenigen Treppenstufen ins Erdgeschoss zurück, und blieb dicht vor einer ausgestreckten Hand stehen, deren Finger eine Fünfeurobanknote umklammerten. Keine Spur von Nagellack, stellte er ausweichend fest. Feingliedrige (Frauenhände werden immer so beschrieben, nicht wahr?), sorgsam gepflegte Frauenhände, stimmte der Teil seines Verstandes zu, der noch vor wenigen Augenblicken davor gewarnt hatte, der Kerl der jetzt plötzlich kein Kerl mehr war, könne jeden Moment durchdrehen. Was, zum Teufel, hast du erwartet, fragte ein anderer Teil seines Verstandes? Vielleicht eine blutige Axt unter dem blauen Mantel, übrigens ein Herrenmantel, bestens dazu geeignet die blutige Axt nach getaner Arbeit spurlos verschwinden zu lassen.

Die raue Stimme tief in seinem Kopf behauptete, die Banknote sei in Wirklichkeit sein Todesurteil, unterschrieben und beglaubigt, und zum sofortigen Vollzug in kleine, feingliedrige, sorgsam gepflegte Frauenhände gelegt. *Ich glaube, du tickst nicht mehr ganz richtig.*

„Entschuldigung, können sie mir den vielleicht wechseln? Sie würden mir aus einer großen Verlegenheit helfen." Ihre Stimme klang fest, leicht angeschlagen aber fest. „Der blöde Kasten will meinen Fünfer einfach nicht schlucken." Wieder huschte ein winziges Lächeln über ihren Mund.

„Nein, ich glaube nicht", sagte Martin wahrheitsgemäß. Er hatte sein letztes Kleingeld am frühen Morgen in eine „Süddeutsche-Zeitung" investiert. Trotzdem zog er, wie zum Beweis, seine Geldbörse aus der Innentasche der gepolsterten Winterjacke und begann das Münzfach nach Kleingeld zu durchsuchen. „Nein, tut mir leid, mehr als ein bisschen Kaffeegeld kommt nicht zusammen."

Er sah ein winziges enttäuschtes Blitzlicht in ihren Augen, und erinnerte sich daran, dass er meistens (eigentlich immer) eine einzelne Euromünze für den Einkaufswagen im Supermarkt mit sich herumtrug. Sie steckte gewöhnlich in der kleinen Fronttasche seiner Jeans und genau da steckte sie auch jetzt. Er brachte sie zum Vorschein, hielt sie vorsichtig, als wäre sie zart und äußerst zerbrechlich, mit zwei Fingerspitzen hoch und sagte: „Ist das genug, oder brauchen ……?

Sie sagte nur ein einziges Wort, an das er sich später lange Zeit erinnerte.

„Echt?"

Wortlos drückte ihr Martin die Münze in die offene Hand.

Und dann tat er etwas, was ihm rückblickend stets dumm und unaufrichtig erschien. Er berührte kurz die Fingerspitzen ihrer ausgestreckten Hand und sagte: „Danke."

„Wie bitte?"

„Schon gut, ich habe es wirklich eilig". Mit großen

Sprüngen hastete er die Treppe zum zweiten Parkdeck hinauf. Er startete seinen feuerroten Renault (zugelassen auf seine Lebensgefährtin Martina), und bog nach einem kurzen Anlauf rechts in die schräge Abfahrt Richtung Parkdeck Eins ab. Als die Motorhaube des Renault sich langsam nach unten senkte, sah er die Frau in Männerkleidung mit eiligen langen Schritten Richtung hinterste Parkdeckecke hasten. Sekunden später war sie spurlos verschwunden. Dreißig Minuten später betrat er ein schmuckloses Büro bei „ENIUS-Pharmaziebedarf", wo sein Chef Paul Weger und die Herren von „PLISTER", mit einem Stapel steriler Laborhandschuhe zu unschlagbaren Sonderpreisen, bereits auf ihn warteten. Als er Stunden später mit seinen Gästen beim obligatorischen Abendessen saß, hatte er die Episode aus dem Parkhaus beinahe vollständig vergessen.

Das war sein erster Fehler. Es sollten weitere folgen.

Zwei Tage später fand er im Briefkasten eine einzelne Euromünze. Sie lag versteckt unter dem

Werbeflyer eines Golfhotels, wo Martina und er im Sommer vergangenen Jahres ein paar Erholungstage verbracht hatten und einer bunt bebilderten Postkarte, geschrieben von ihrer bester Freundin Manuela, die mit ihrem Lebenspartner gerade Kroatien unsicher machte und liebe Urlaubsgrüße übermittelte. Beinahe hätte er die Münze übersehen. *Wer rechnet schon damit eine größere Bargeldzahlung in seinem Briefkasten zu finden*, dachte er ein wenig amüsiert, *es gibt bessere Wege Schulden zu bezahlen*. Aus reinem Interesse stellt er rasch fest, dass es sich um eine Münze aus deutscher Prägung handelte. Der Adler auf der Rückseite war unverkennbar. Seine numismatische Neugier erlosch beinahe augenblicklich. Er ließ die Münze achtlos in seine Jeans gleiten. Beim nächsten Supermarktbesuch würde er sie als Pfand für einen (meist verrosteten) Einkaufswagen nutzen und hinterher vollständig vergessen. So der Plan.

Dass sein Plan gewaltige Löcher von der Größe versunkener antiker Städte hatte, stellte er schon am Abend des gleichen Tages fest. Als er Martina die Geschichte aus dem Parkhaus haarklein erzählte und den Fund im Briefkasten erwähnte, stellte sie nur eine einzige Frage: „Woher wusste sie deinen Namen und wo du wohnst? Was steckt wirklich hinter der Geschichte"?

Eine herausragende Eigenschaft seiner Lebensgefährtin (er stellte sie gerne als seine Frau vor, weil sie eigentlich genau das war, obwohl sie nicht denselben Namen trugen und nie gemeinsam ein Standesamt aufgesucht hatten) bestand darin, absolut logisch denken zu können.

Weitere zwei Tage später, hatte er immer noch keine plausible Erklärung auf die Frage gefunden, wie die Euromünze den Weg in seinen Briefkasten gefunden hatte. Von wem sie dort platziert worden war, erschien ihm unstrittig: Die Frau in blauen Männerklamotten hatte ihre Ausstände beglichen und zwar auf eine ähnlich ungewöhnliche Art und Weise, mit der sie in Männerklamotten Parkhäuser aufsuchte. Außer seiner geldgierigen Ex-Frau stand niemand bei ihm dermaßen in der Kreide, dass Rückzahlungen in aller Eile und anonym, über den Briefkasten abgewickelt werden mussten. Nicht einmal Monika, neuerdings Peters, hätte diese ungewöhnliche Methode angewandt, selbst wenn er völlig verarmt, dreckig und verlaust wie ein Penner von der Straße, mit flehenden Händen vor ihr auf den Knien gelegen hätte. Sie wäre lediglich amüsiert gewesen und hätte ihn dreckig und verlaust wieder auf die Straße gesetzt.

Späte Rache dafür, dass der Geldfluss in ehe-ähnlichen Zeiten, irgendwann (nach dem er in einer Nacht und Nebel Aktion die Scheidung eingereicht hatte) merklich nachgelassen hatte.

Martina, logisch und folgerichtig denkend wie immer, hatte darauf hingewiesen, dass der Frau immerhin die Zulassungsnummer des Renaults bekannt sein dürfte. Sie hatte gesehen, wie er damit das Parkhaus verlassen hatte. Eine Frau, die sich nicht scheut in Männersachen auf Tour zu gehen, scheut auch sicher nicht davor zurück, mittels Kennzeichen eine Adresse zu ermitteln, meinte sie. „Diverse Internetsuchmaschinen", setzte sie hinzu, „fördern heutzutage ganz Erstaunliches zu Tage. Soll ich dir verraten, wo du am 4.Juli 2002 zu Mittag gegessen hast?"

„Bei „Tonquey" natürlich, Zwiebelsuppe, Hühnchen in Maronensoße, dazu ein Leffe-Bier. Hab`s nicht vergessen."

„Diverse Suchmaschinen machen es möglich" war ein Argument, das so ganz einfach nicht zu entkräften war. ENIUS-Pharmaziebedarf griff praktisch stündlich darauf zurück. Die Hälfte der Weltbevölkerung vermutlich auch. Sein Selbstversuch, in der Mittagspause mit Hilfe der Zulassungsnummer als einzig zur Verfügung stehende Informationsquelle Zugriff auf seine aktuelle Adresse zu erlangen, schlug allerdings gründlich fehl. Selbst die Ermittlung eines flüchtigen Unfallgegners war nur mit Sondergenehmigung möglich, oder wenn Gefahr für Leib und Leben im Verzug war. Und ohne den Waffengürtel der Polizei, ging schon mal gar nichts. Der Schutz privater Daten (Gütiger Himmel, mit einem unüberlegten Klick im Internet, gibt man heute mehr über sich preis, als Casanova in seinen gesammelten Memoiren), wurde durch Uniformträger und in Automobilkreisen also noch ernst genommen. Die Tilgung einer Ein-Euro-Schuld, betrachteten beiden Kreise ganz sicher nicht als potentielle

Gefahr für Leib und Leben. Das musste auch Martinas logisch denkender Verstand irgendwann einsehen.

„Sie könnte dir unbemerkt hierher gefolgt sein." Was im ersten Moment nach Dreigroschenromantik klang, ließ sich bei genauerer Betrachtung nicht einfach von der Hand weisen. „Vielleicht war sie als Briefträger unterwegs oder sie ist in die Rolle von Fuzzy geschlüpft, der jeden Tag den Müll von den Straßen fegt und die einsamen Frauen anbaggert."

„Fuzzy misst mal gerade Einsfünfzig und trägt Vollbart, ich bitte dich." Wenn Martina mal so richtig in Schwung kam, blieb kein Auge trocken. Sie selbst wäre gerne in den sozialen Dienst gegangen, Bewährungshelfer oder so. Martin favorisierte sie eher in der Rolle des Staatsanwaltes. Der abgezockte Gesetzesbrecher der ihrem Verhör schadlos widerstehen konnte, musste erst noch geboren werden. „Bleib mal schön im richtigen Programm, meine Liebe."

Er überdachte die von Martina in den Raum gestellt Theorie noch einmal mit aller gebotenen Sorgfalt. Selbstverständlich war es möglich, dass ihm die Frau (in welcher Verkleidung auch immer) unbemerkt gefolgt war. Vielleicht hatte sie gesehen, wie Martin die Parkhausschranken mit einer Chipkarte geöffnet hatte und die richtigen Schlüsse daraus gezogen. Nur Dauerparker besaßen Chipkarten, Gelegenheitsparker mussten eine Tageskarte ziehen. Daraus folgerte sie: Er wohnt irgendwo in der Nähe, höchstens fünf Gehminuten entfernt. Vielleicht zehn, keinesfalls mehr. Alles andere macht keinen Sinn. Und noch etwas folgerte sie: Er geht den Weg vom Parkhaus zu seiner Wohnung, beinahe täglich. Folglich konnte sie ihre Verfolgungsaktion in aller Ruhe vorbereiten. Der Mann, dessen Namen sie inzwischen im Schlaf aufsagen konnte, war ihr auf Gedeih und Verderb ausgeliefert. Und das bereits vier Tage nachdem er flüchtig ihre Fingerspitzen berührt hatte.

All das war nachvollziehbar, okay, *beinahe* alles. Blieb nur noch die wichtigste, die alles entscheidende Frage zu klären. Warum war es der Frau, deren Namen er nicht kannte (von der er eigentlich nur wusste, dass sie dunkelblaue Augen und ein Faible für Männerkleidung hatte) so wichtig, den geschenkten Euro ohne Angabe von Gründen zurückzugeben (soweit er sich erinnern konnte, hatte er mit keinem Wort darauf bestanden), um gleich darauf wieder spurlos zu verschwinden?

Er erinnerte sich an eine Geschichte aus prä-historischen Zeit, als er die Rolle des Alleinver-dieners und Ehemanns (meist am Monatsende, wenn frisches Geld das gemeinsame Bankkonto aufpolierte) noch mit Stolz und Hingabe gegeben hatte.

Gespielt hatte, kam der Sache bedeutend näher.

Genaugenommen war ihre Ehe ein einziges großes Schauspiel gewesen, wobei jeder Beteiligte stets bemüht gewesen war, dem Anderen keinen Blick hinter die wackligen Kulissen zu gönnen.

Die wacklige Fassade, kam der Sache hier bedeutend näher.

Irgendwann im Sommer lag zwischen einem Stapel hochbrisanter Werbung, ein handgeschriebener Brief auf dem Apothekerschränkchen gleich links neben der Eingangstür. Die weibliche Tarantel saß auf der Couch, ein Glas Prosecco zwischen den Fingern und litt mit dem Star ihrer Lieblingsseifenoper um die

Wette. Eine Beschäftigung, die ihr zweifellos die meiste Freude in ihrem ach so trostlosen Leben bereitete. Der Brief enthielt seine Autozulassung, einen dreifach gefalteten Streifen grün bedrucktes Papier, das ihn als rechtmäßigen Halters eines Fahrzeugs auswies, das er ebenso rechtmäßig erworben hatte. Sonst nichts.

„Ein Liebesbriefchen", fragte Frau Tarantel über das Sektglas hinweg, „er riecht ein bisschen nach billigen Parfüm".

„Kim Basinger gibt sich Ehre mich zu einem kleinen Tete-a-Tete zu bitten" antworte er pflichtgemäß und wünschte ihr gleichzeitig eine Pilzvergiftung an den Hals.

Wo und wann er die Zulassung verloren hatte wusste er nicht. Normalerweise steckte sie in seiner Brieftasche, innig vereint mit seinem Führerschein und diversen anderem lebensnotwendigen Krimskrams. Brieftasche plus Inhalt nahm er nur selten zur Hand, Zulassung und Führerschein gehörten nicht zu seinem Lieblingsspielzeug. Er untersuchte das Briefkuvert etwas genauer. Links oben in der Ecke war hinter Abs: ein Name und eine Adresse notiert.

Eine Frau, der Handschrift nach zu urteilen einer Altersgruppe zugehörig, die eine handgeschriebene Nachricht immer noch einer E-Mail vorzog. Sie wohnte etwas außerhalb, am anderen Ende der Stadt. Eine Gegend mit vielen Einfamilienhäusern, gepflegten Gärten und weiß gestrichenen Gartenzäunen. Glücklich-sein-Land!

Am nächsten Tag kaufte er einen Strauß gelber Feldblumen, ließ sein Navi von der Leine und klingelte an ihrer Tür.

So, und nicht anders bedankt man sich für eine Gefälligkeit, dachte Martin, so macht man das. Man wirft nicht einfach eine Münze in einen Briefkasten, wie Kleingeld oder Hosenknöpfe in einen Opferstock und macht sich hinterher spurlos aus dem Staub. Lady *Ich-verkleide-mich-gerne* dachte darüber offensichtlich ganz anders.

Er sollte noch schmerzhaft erfahren, dass die Lady über Vieles ganz anders dachte.

Den Freitagabend verbrachten Martin und Martina bei ihrem Lieblingsgriechen, wie sie das Restaurant „ERODION" seit nun fast zehn Jahren übereinstimmend nannten. Im Verlauf dieser zehn Jahre hatten sie einige andere Restaurants der Stadt ausgiebigen Tests unterzogen. Manche hatten bestanden, manche waren inzwischen längst wieder dichtgemacht worden, die überwiegende Mehrzahl der bedachtsam ausgewählten Testobjekte, war jedoch gnadenlos durchgefallen. Ihr Lieblingsgrieche war geblieben, die Gründe dafür ließen sich an den Fingern einer Hand abzählen. Das Restaurant war mit einem kurzen Spaziergang zu erreichen (sechs Minuten wenn der Aprilregen mit Volldampf wütete, oder sechzig Minuten, wenn in den Modegeschäften der Innenstadt neue Ware angekommen war), was die Getränkeauswahl spürbar erleichterte. Die Gefahr durch ein Glas Wein zu viel den Führerschein zu verlieren, war gleich Null. Ein unschätzbarer Vorteil in Zeiten steigender Mobilität.

Ein besonders geschickter Schachzug war den Restaurantgründern (hinter vorgehaltener Hand wurde gemunkelt ein Konsortium um den ehemaligen griechischen Finanzminister Faritakis würde dazugehören) in Punkto Öffnungszeiten gelungen. Statt wie die Mitkonkurrenten, erst um 11Uhr30 den roten Teppich zum Mittagstisch auszurollen, tat dies das „ERODION" bereits dreißig Minuten früher. Ehe die anderen Restaurants überhaupt eine heiße Suppe auf dem Herd hatten, war das „ERODION" bereits zur Hälfte gefüllt. Der wöchentliche Gemüsemarkt vor der Haustüre, spülte zusätzlich Publikum ins Restaurant. Die restlichen Plätze gingen an die Bediensteten der Stadtverwaltung. Das Rathaus mit seinem unübersichtlichen Gewirr an Amtsstuben und städtischen Angestellten, lag nur eine Armlänge entfernt, schräg gegenüber dem Marktplatz, nur durch eine verkehrsberuhigte Straße vom Stadttheater und dem Fremdenverkehrsbüro getrennt. Ein deutscher Beamter, das war auch griechischen Restaurantbetreibern längst bekannt, hat stets den ausgeprägten Appetit eines Bud Spencer und die finanziellen Mittel eines Wüstenscheichs.

Das „ERODION" war eine kleine griechische Goldgrube.

Ein weiterer Grund den Status des gern-gesehenen Dauergastes nicht unnötig in Gefahr zu bringen, war die Größe der angebotenen Portionen.

Besonders Martina mochte es gar nicht, ganz und gar nicht, in einem Restaurant kulinarisch angefixt, aber nicht ordentlich gesättigt zu werden. Nach eigenen Aussagen trug sie ein Gen in sich, das verhinderte, jemals einen ausreichenden Sättigungsgrad erreichen zu können. Gegen diese waghalsige Theorie sprach ganz eindeutig, dass sie bei einer Körpergröße von Einhundertfünfundsiebzig Zentimeter, gerade mal fünfundsechzig Kilogramm, oder so, auf die Waage brachte. Manche Frauen mit weit besseren Genen (aber weitaus mehr Appetit) konnten da nicht mehr mithalten.

Eine Frau mittleren Alters unterliegt natürlich gewissen Schwankungen, was das Gewicht und die daraus resultierende Stimmungslage betrifft. Martina erging es nicht anders. Eine zehntägige Kreuzfahrt auf einem Luxusliner quer die Karibik, gespickt mit diversen Cocktails auf weitläufigen Sonnendecks, angereichert mit mehrgängigen Menüs der Sonderklasse, hinterließen auch bei Martina ein paar winzige Spuren. Sie stellte einen gezeiteten Halbmarathon-Lauf dagegen, erklärte vorübergehend das „ERODION" zum feindlichen Sperrgebiet und beschleunigte, unter Zuhilfenahme von „*Mucofalk Orange*", ihren Stoffwechsel auf Sprintertempo. Der absolut logisch denkende Teil ihres Verstandes wurde dazu nicht konsultiert. Jedenfalls nicht immer!

Martin, in der Entwicklung zum Hominiden mehr als zehn Jahre voraus, nahm dies alles mehr oder weniger gelassen zur Kenntnis. Da Übergewicht, Hunger- und Schuldgefühle nicht zu seinen sieben Todsünden zählten, spielte er das Spiel einfach kommentarlos mit. Er wusste, auch diese göttliche Plage würde irgendwann enden. Was sie dann auch tat. Er ernährte sich kurze Zeit hauptsächlich von Obst und Gemüse, mied den Pizzaladen um die Ecke wie der Teufel den Beichtstuhl und schüttete literweise Mineralwasser in sich hinein. In einer „*Abstinenz-von-allem-Phase*", war es gesünder, der besten Nichtehefrau der Welt, nicht in die Quere zu kommen. Er wusste, am Ende der Phase würde das „ERODION" wieder ihr Lieblingsrestaurant sein, so wie seit zehn Jahren. Die beste Nichtehefrau der Welt funktionierte kulinarisch, präzise wie ein gutes Schweizer Uhrwerk.

Ein letzter Grund das „ERODION" praktisch zu

annektieren, war das Personal. Über zehn Jahre hinweg hatte es naturgemäß mehrmals gewechselt, aber Christos Paradiedis, Geschäftsführer, designierter Oberkellner, Chefkoch und Palastwache für alles, hatte es verstanden, das Niveau seiner Mitarbeiter stets gleich hoch zu halten. Auf den ersten Blick (auch nicht durch ein Elektronik-Rastermikroskop betrachtet) hätte man ihn nicht für den Geschäftsführer gehalten. Er war nur mittelgroß, schmal gebaut, leichter Bauchansatz, alles in allem verpackt in Kleidung von der Stange. Darüber hinaus war er kein antiker Adonis. Ganz im Gegenteil. Seine Augen standen keine Sekunde still und verliehen ihm stets ein leicht neurotisches Aussehen. Sein Mund war im Umgang mit der Kundschaft, eigentlich ständig zu einem schiefen Grinsen verzogen. Er wirkte stets hyperaktiv, irgendwie permanent wuselig, selbst dann, wenn nur wenige Tische belegt waren. Vielleicht gerade deshalb. Meist begrüßte er seine Gäste mit Handschlag und einer tiefen, oft *zu* tiefen Verbeugung. Manchmal kam sein Kopf dabei dem Weinregal, der nackten Gipsstatue auf dem Mauervorsprung und dem ausladenden Vorbauten einiger Damen bedrohlich nahe. Vermutlich hätte Christos, ganz griechischer Götterbote, den Absturz in ein weit offenes Dekolleté, ungerührt mit einem weiteren freundlichen Grinsen beantwortet.

Gegen Neunzehn Uhr kam seine Schwester Ritza an ihren Tisch. Die Ähnlichkeit mit ihrem Bruder war unverkennbar. Die gemeinsame Mutter war ihnen deutlich ins Gesicht gemeißelt. Offenbar hielt Ritza es für nötig, ihr griechisches Erbe, vielleicht auch die gemeinsame Mutter, unter einer blonden Locken-pracht, tiefrot geschminkten Lippen und einer dünnen Schicht Wangenmalerei zu verstecken. Wie ihr Bruder, war auch sie eher klein geraten, schlank und permanent im *Kein-leerer-Teller-darf-länger-als-zwei-Minuten-auf-dem-Tisch-verbleiben* Programm.

Als sie die leeren Teller, Platten und das Besteck mit sicherer Hand zu einer wackeligen Turm-konstruktion zusammenfügte, stellte sie, wie immer, ihre absolute Lieblingsfrage: „Hadda gut ge-schmeckt?"

Angesichts der kümmerlichen Saucenreste auf den verschmierten Tellern eine rein rhetorische Frage.

Irgendwann hatte Martin darauf mit: Hadda sehr gut

geschmeckt" geantwortet, was ihm ein dankbares Lächeln von Ritza und einen bitterbösen Blick von Martina eingetragen hatte. Im Lauf der unzähligen Besuche, hatten die beiden Damen sich etwas angefreundet. Bei passender Gelegenheit machten sie sich kleine Geschenke, nett gemeinte Aufmerksamkeiten von Urlaubsreisen, oder Spezialitäten aus der Heimat.

„Es war alles sehr, sehr gut", sagte Martin an diesem Freitagabend folgsam, „wir kommen ganz sicher wieder". Das rebellische Gefühl etwas zu folgsam gewesen zu sein machte sich bemerkbar. „Wenn du erlaubst, Ritza".

Martina knurrte böse, wie eine große Schwester.

Ritza gab sich unbeeindruckt. „Noch ein paar Vitamine?" erkundigte sie sich ungerührt. Ohne auf eine Antwort zu warten, donnerte sie davon. Eine Minute später kam sie mit zwei Gläsern Ouzo auf Eis zurück. „Yia Mas", sagte sie trocken, „lass es dir gut schmecken, Martina". Martin würdigte sie mit keinem Blick.

Ihr Mann Costa tauchte plötzlich an ihrer Seite auf. Er war nur unwesentlich größer als seine Frau, wohlgenährt und die Nummer Zwei in der Hierarchie des „ERODION“.

„Hallo, Lady“, begrüßte er Martina mustergültig wie immer. Martin schüttelte er schweigend die Hand. „Hat alles gepasst?“

„Alles bestens“, antwortete Martin, „nur unsere Frauen sind heute Abend ein wenig zickig. Findest du nicht auch?“ Bevor Costa antworten konnte, krallte sich eine Hand in seinen Arm. „Du komm“, sagte Ritza, „Arbeit warten.“

Während sie langsam ihre Gläser leerten, fanden sie noch Gelegenheit mit Theodoros, einem der Kellner, ein paar rasche Worte zu wechseln. Er trug von Geburt an ein gezacktes Feuermal auf der rechten Halsseite, federte stets mit langen Schritten durch die Tischreihen als müsste er für eine Modenschau üben und bedachte Gäste die Sonder-wünsche äußerten mit eindeutig missbilligenden Gesten. Natürlich hinter deren Rücken. Yannis, sein Kollege, fand manche Vorstellung dermaßen ge-lungen, dass er sich prustend in die Küche zurückzog und erst nach langen Minuten wieder auf-tauchte.

Martin hatte Theodoros mehrfach aus dem Spielsalon im Bahnhofsviertel kommen sehen. Er sah in „Theo" einen Zocker mit deutlicher Tendenz zum Profispieler, der leider keine Profigewinne machte. Seine wöchentlichen Trinkgelder als Kellner im „ERODION" überschritten die Einnahmen aus dem laufenden Wettspielbetrieb vermutlich um das vielfache. Trotzdem mochte ihn Martin irgendwie. Er fand ihn amüsant und gewitzt, obwohl sein fader Händedruck ihn immer wieder auf die Palme brachte.

Spätere Rückfragen ergaben, dass die Rechnung für Tisch Drei an diesem Freitagabend, exakt um 19 Uhr 24 ausgedruckt wurde. Martin bezahlte mit einem Fünfzigeuroschein, genehmigte ein angemessenes Trinkgeld und verstaute das Wechselgeld in seiner Geldbörse. Auch das wurde später einwandfrei festgestellt. Wann genau Martin zur Garderobe ging um Martinas und seinen eigenen Mantel zu holen, ging jedoch in dem darauf folgenden Kuddelmuddel völlig unter.

Als er an den Tisch zurückkam, trug er seinen eigenen Mantel locker um die Schultern gelegt und den von Martina sorgsam gefaltet auf dem linken

Unterarm platziert. Er hatte sich verändert. Die Klarheit in seinen Augen wurde von einem trüben farblosen Schatten überlagert. Martina sah es sofort. *Er sieht aus wie damals, als er wetterbedingt acht Stunden hinter dem Lenkrad saß, total übermüdet und halb blind durch das pausenlose Schneetreiben auf der Autobahn*, dachte sie überrascht. Sein Gesicht wirkte auf sie irgendwie verkrampft, als habe er Schmerzen, tierisch unangenehme, tiefsitzende Dauerschmerzen. Schon eine Sekunde später revidierte sie ihre Einschätzung. Nein, das waren keine Schmerzen, jedenfalls keine von der Sorte, wie sie ein gebrochenes Bein ausgelöst hätte. Was die Haut über seinen Wangenknochen gelb und durchsichtig erscheinen ließ, war Fassungslosigkeit. Eine dumpfe Art von Ungläubigkeit, ausgelöst von etwas, das er nicht für möglich gehalten hatte, stand in sein Gesicht geschrieben.

Ihre esoterisch angehauchte Mutter hätte es als *Marzipan-Gesicht* bezeichnet.

Um überhaupt etwas zu tun, zog sie ihren Mantel von seinem angewinkelten Arm und schlüpfte umständlich hinein. Unter normalen Umständen wäre ihr

Martin behilflich gewesen, jetzt ließ er es einfach untätig zu. Aus den Augenwinkeln bemerkte sie, wie Ritza sich von der Theke abstieß und auf den Weg zu ihrem Tisch machte. Ihre allgemein übliche Vorgehensweise. Meist folgten eine kurzzeitige Umarmung für Martina und ein kräftiger Rippenstoß für Martin. Auf halben Weg blieb sie plötzlich stehen, machte auf dem Absatz kehrt und ging wieder zurück.

„Was ist passiert?" fragte Martina. „Bitte keine Ausflüchte."

Er hob den Kopf und sah sie ausdruckslos an. „Du wirst nicht glauben, was ich eben mit meiner Manteltasche gefunden habe", sagte er nach einer kurzen Pause leise. Beinahe flüsternd. „Ich kann es selbst kaum glauben." Seine rechte Hand, Finger zu einer klobigen Faust geballt, tauchte aus der Manteltasche auf und streckte sich ihr entgegen. Etwa in der Mitte des Handrücken beginnend, bis hinunter zu der Stelle wo das Handgelenk unter dem Mantelärmel verschwand, pulsierte eine prallgefüllte blaurote Blutader, als würde sie nach einem versteckten Ausgang unter der angespannten Haut suchen. Fingerknöchel, weiß wie Blütenpapier, formten einen gezackten Bergkamm, ebenmäßig, wie mit einem scharfen Messer geschnitzt.

Martina hielt ihre flache Hand unter seine geschlossene Faust. Als er sie vorsichtig öffnete, fiel eine kleine weiße Papiertüte, etwa so groß wie eine Visitenkarte, in ihre nach oben gewölbte Handfläche. Die Ecken der Tüte waren umgeknickt und verformt. In ihrer Mitte drückte sich die Kontur eines kreisrunden Gegenstandes durch das Papier. Martina hob die Tüte mit spitzen Fingern an einer Seite vorsichtig an. Ein einzelnes Geldstück rollte heraus, eine Ein-Euro-Münze, blank, sauber poliert, im Neonlicht der Deckenlampe glänzend wie ein Goldstück.

„Was, zum Teufel, ist das denn" wollte sie wissen, „ein Scherz, ein weiterer dummer Scherz der Parkhaus-Lady?" Ihre Stimme hatte an Lautstärke deutlich zugelegt. Einige Gäste drehten den Kopf in ihre Richtung, wandten sich dann aber rasch wieder ab. Ein Paar das einen kleinen Streit austrägt, dachten wohl die meisten, ist so interessant wie der Mist in den sozialen Medien.

„Achte auf die Rückseite der Tüte", sagte Martin mit gesenkter Stimme. Die neugierigen Blicke der Anwesenden waren auch ihm aufgefallen. Vorsichtig wie ein guter Ermittler, der keine Fingerabdrücke verwischen will, drehte Martina die Papiertüte um. In übertrieben schwungvollen Buchstaben, die sie an die Überschriften in ihrem Poesiealbum aus der Teenagerzeit erinnerten, waren dort zwei Wörter geschrieben.

Hallo, ich ....

Das winzige Fragment eines Satzes, geschrieben auf die Rückseite einer kleinen Papiertüte, ist entweder aus Jux und Tollerei, oder mit einer bestimmten Absicht dort angebracht worden, sagte eine kritische Stimme in seinem Ohr. Aber eine andere Stimme sagte: „Na, das ist ja mal eine fundamentale Erkenntnis, Bruder. Was für Gründe kommen denn sonst noch in Betracht? Fake-News werden ja bekanntlich nicht auf Papiertüten gekritzelt."

„Die Lady ist wohl ein bisschen durchgeknallt", stellte Martina nüchtern fest. Ihre angeborene Fähigkeit komplexe Zusammenhänge nüchtern und sachlich zu bewerten, war offenbar zurückgekehrt.

„Oder sie hat einfach zu viel Geld, bringt hier und da einen Euro unter die Leute, getragen von der Hoffnung, der Weg nach ganz oben möge nicht allzu teuer werden".

Martin glaubte nicht wirklich an die Jux und Tollerei-Theorie. Die Münze war absichtlich in eine Papiertüte mit Aufschrift gesteckt und in seiner Manteltasche versenkt worden. Wer ein Geldstück in seiner Tasche findet, vermutet automatisch und mit gutem Grund, es irgendwann dort vergessen zu haben. Nach dem letzten Einkauf vielleicht, oder dem Kneipenbummel mit einem Freund. Das Papiertütchen schloss diese Möglichkeiten vollständig aus. Ein weiteres Stück der Wahrheit, ließ ihn einen raschen Blick durch das „ERODION" werfen. Er war absolut sicher, dass das Tütchen nicht in der Manteltasche gesteckt hatte, als sie ihre Wohnung vor zwei Stunden verlassen und sich auf den Weg zu ihren Lieblingsgriechen gemacht hatten. Es war ihm hier im Restaurant zugesteckt worden. Irgendwann in den beiden letzten Stunden.

Eine absolut verrückte Möglichkeit war, das konnte nicht gänzlich ausgeschlossen werden, die Lady saß immer noch unter den Restaurantgästen, irgendwo in einer Ecke, vielleicht gleich am Nachbartisch, und amüsierte sich königlich. Durchgeknallt oder nicht, ein gewisses Geschick im Umgang mit Überraschungen, konnte man ihr nicht absprechen. Außerdem verstand sie es ihr Äußeres stark zu verändern. Jedenfalls war ihr Auftritt als Mann mit Kleingeldproblemen, einen abgegriffenen Hut tief in die Stirn gezogen, erst nach langen Minuten durchschaut worden. Eine Weile hatte sie ihn ordentlich an der Nase herum geführt, nicht wahr, und eigentlich war sie nur enttarnt worden, weil sie ihn um einen Gefallen gebeten hatte. *„Entschuldigung, können sie mir den vielleicht wechseln?"* Okay, davor war ein kurzes Lächeln gewesen, kein giftiges Grinsen, das Männer gewöhnlich aufsetzen, wenn ihnen das Kleingeld und ein Ausweg aus diesem Dilemma ausgeht. Ihre Stimme hatte sie verraten (*leicht angeschlagen*, *aber fest*), nicht eine misslungene Maskerade. Davon ausgehend, dass sie wirklich in Schwierigkeiten gesteckt hatte, kamen zwei Möglichkeiten in Betracht, weshalb sie ihn angesprochen und sich selbst der sicheren

Enttarnung ausgeliefert hatte. In diesem Moment war es ihr egal gewesen, oder sie …*wollte* …enttarnt werden. Von irgendeinem Typen der zufällig vorbei kam, oder von Martin Linnemann, Angestellter bei ENIUS-Pharmaziebedarf, Dauerparker und verrückt genug ihr einen Euro zu schenken.

Während sie langsam dem Ausgang zustrebten, unterzog er die anwesenden Gäste einer eingehenden visuellen (keineswegs unauffälligen) Überprüfung. So früh am Abend waren nur etwas mehr als ein halbes Dutzend Tische belegt, die meisten in unmittelbarer Nähe zur Küche, aufgereiht an der Glasfront zum verschneiten Innenhof. An Tisch Zwei saß ein junges Pärchen in Designerklamotten, beide nicht älter als Anfang Zwanzig, vertieft in eine Familienpackung Gyros mit Käse überbacken. Befund: *Unauffällig!*

Zwei Tische weiter eine Familie im Standardformat. Eltern streitsüchtig, die Kinder gelangweilt. Befund: *Nicht gerissen genug!*

Der Tisch in der kleinen Nische neben der Theke, war von einem einzelnen älteren Herrn belegt. Sauber gescheiteltes, aschgraues Haupthaar, mit

Sicherheit kein Toupet. Befund: *Körperlich ungeeignet!*

Die beiden Männer am Ecktisch hinter der (falschen) griechischen Amphore, waren Martin bekannt. Der eine war der Stadtkämmerer, Dauergast wie er selbst, begleitet wie eigentlich immer, von einem Mann mit Barbarossabart und dicker schwarzer Hornbrille. Sie leugneten stets ein Paar zu sein, begründeten ihr häufiges gemeinsame Auftreten mit geschäftlichen Interessen, taten aber sonst nichts, die Gerüchte um ihre Beziehung aus der Welt zu schaffen. Befund: *Mach keine Witze!*

Einen Tisch weiter saßen drei übergewichtige Matronen, die wild gestikulierend ihre jeweiligen Krankenakten durchhechelten. Gleich anschließend ein Touristenpaar asiatische Couleur, dekoriert mit einer neuartigen 4K-Kamera, auf die Martin auch schon einen interessierten Blick geworfen hatte. Der letzte belegte Tisch gehörte einer sorgsam gepflegten Dame mittleren Alters. Etwa um die Vierzig, dachte Martin wachsam, Größe und Gewicht könnten auch hinkommen, *dreh mir bitte für eine Sekunde dein Gesicht zu.*

Kurz vor dem Ausgang, etwa auf Höhe des Zigarettenautomaten links und der kleinen Kommode mit den Werbeflyern rechts, kam ihm ein Gedanke, wie er den bis dahin erfolglosen Körperscann noch in einen durchschlagenden Fahndungserfolg umwandeln konnte. Er bat Martina eine Sekunde um Geduld, ging zurück zur Getränketheke und ersuchte um eine kurze Audienz bei Christos Paradiedis, Geschäftsführer des Restaurants und Nummer Eins auf der Erfolgsliste des „ERODION". Sie wurde ihm umgehend gewährt.

„Tust du mir einen Gefallen", begrüßte er Christos ohne lange Vorrede, "es…nun ja…es ist wichtig für mich?" Ein schiefes Grinsen, Christos hatte verstanden.

Martin zog das kleine Papiertütchen aus der Manteltasche und schwenkte es ein paarmal über seinen Kopf. Er wartete bis einige Köpfe in seine Richtung zeigten, dann wiederholte er die Aktion. „Das hier", sagte er so laut dass alle ihn verstehen konnten, „habe ich eben in meiner Manteltasche gefunden. Es wurde mir hier und heute zugesteckt." Er wiederholte die Aktion ein drittes Mal. Danach verstaute er das

Tütchen in der Brustasche von Christos weißer Jacke, die er immer dann trug, wenn er sich selbst zum Küchendienst eingeteilt hatte.

„Ich habe keine Verwendung dafür, mein Freund", fuhr Martin ungerührt fort. „Sei so nett und stecke es einem der rumänischen Bettler zu, die morgen früh ganz sicher wieder vor deiner Tür herumlungern und den Pappbecher hoch halten. Okay?"

„Ja, okay", sagte Christos. Das schiefe Grinsen war spurlos verschwunden.

Auf dem Weg zur Eingangstür, konnte Martin noch einen kurzen Blick auf das Gesicht der sorgsam gepflegten Dame mittleren Alters werfen. Sie sah sekundenlang in seine Richtung, lächelte kühl und wandte sich sofort wieder ab. Der kurze Blick reichte aus, um auch sie, wie alle anderen Anwesenden, von der Liste der üblichen Verdächtigen zu streichen. Irgendwann, in vermutlich nicht allzu ferner Vergangenheit, war ihr mehrfach die Nase gebrochen worden. Die Zeichen waren ganz eindeutig.

Sieben Tage später landete Martin mit der Morgenmaschine aus Frankfurt kommend, gegen Neun

Uhr auf dem Flughafen Franz-Josef-Strauß in München. Sein Boss Paul Weger und er hatten eine Woche Marketing-Schulung in der Konzernzentrale in Bad Homburg, etwa zwanzig Kilometer von Frankfurt entfernt, in den Knochen und waren froh, ab sofort wieder im eigenen Bett schlafen zu können. Das Parkhotel in Bad Homburg, mit direktem Blick auf den weitläufigen Kurpark, gehörte zu den besseren Adressen der Stadt, punktete aber nicht mit ausgesprochen angenehmen Schlafkomfort. Ungeachtet dessen, residierten Mitarbeiter aus halb Deutschland jedes Jahr wieder für eine Woche im Parkhotel. Traditionell, und von den Mitarbeitern so gewünscht, fanden die jährlichen Seminare stets im Januar statt. Das ließ den betroffenen Mitarbeitern, den dringend nötigen Spielraum für die jährliche heißumkämpfte Urlaubsplanung.

Der Flug AB432 landete pünktlich. Die vollständig ausgebuchte Boeing 727 rollte gemächlich ihrem zugewiesenen Platz am Terminal Eins entgegen, schwenkte in einer scharfen Linkskurve auf ihre endgültige Parkposition ein und kam mit einer leichten Verbeugung über das Bugrad zum Stillstand.

Die Triebwerke wurden hörbar heruntergefahren, die Innenbeleuchtung in der Kabine auf Maximalleistung getrimmt. Sicherheitsgurte wurden geöffnet und achtlos über die Sitzreihen verteilt. Zeitschriften wurden eingesackt, und die ersten reaktivierten Handys plärrten ihre Erkennungsmelodie in die Welt hinaus.

„Business as usual", meinte sein Boss trocken. Paul Weger war nicht bekannt für seinen Humor, er glänzte mit einer scharfen Zunge und stark rechtslastigen politischen Ansichten. „Eines Tages werden Passagiere ein Flugzeug in ein Trümmerfeld verwandeln. Wenn sie es nicht irgendwo auf dieser Welt schon längst getan haben." Er deutete auf die Fluggäste in den vorderen Reihen der Maschine, die rücksichtslos ihr Handgepäck nebst wärmenden Kleidungsstücken aus den oberen Ablagefächern zerrten. „Holt Martina dich ab?"

„Ja, das hoffe ich doch sehr", entgegnete Martin, „Taxifahrer reagieren um diese Zeit meist sehr übellaunig, wenn sie keine profitable Überlandfahrt ergattern."

Seine Sorge erwies sich als unbegründet. Martina

erwartete ihn wie verabredet am GATE B, Ausgang für Inlandsflüge, keine zollpflichtigen Waren. Er verabschiedete sich mit Handschlag von seinem Boss Paul Weger, der, wie er wusste, den Rest des Tages in der Firma verbringen würde. Er selbst verflüchtigte sich ungeniert in einen vorgezogenen Kurzurlaub.

Die Fahrt nach Hause dauerte keine zwanzig Minuten und verlief völlig problemlos. Ihre gemeinsame Wohnung umfasste den kompletten dritten Stock eines Mietshauses am Ende der Unteren Domstraße Nummer Fünfzig. In den zwei Stockwerken darunter, praktizierte Dr. Roland Winkler, Kieferchirurg und passionierter Hobbypilot. Im Erdgeschoss versuchte ein gut sortierter Kleiderladen die zentrale Lage des Gebäudes zu seinem Vorteil zu nutzen. Mit wenig Erfolg. Zum Jahreswechsel, vor exakt einundzwanzig Tagen, war in großen weißen Buchstaben „Wir schließen" auf die Schaufenster gepinselt worden.

Eine Stadtwohnung in zentraler Lage, gilt allgemein als laut, überteuert und verkehrsbedingt schlecht belüftet. Nichts davon war tatsächlich der Fall. Abends und an den Wochenenden gehörte ihnen das Haus praktisch alleine. Das Läuten der Kirchenglocken auf dem nahen „Domberg", war das einzige laute Geräusch das dem Wochenende seinen typischen melodiösen Sound verlieh. Der Hausherr (das Abbild von Clint Eastwood, zwei Köpfe kürzer gemacht) verlangte eine übliche Vergleichsmiete in akzeptabler Höhe, und schnüffelte nicht in ihren Privatangelegenheit herum. Die städtischen Busse fuhren mit Erdgas, und der öffentliche Zulieferverkehr für das Stadtzentrum, war auf wenige Stunden am Tag beschränkt. Die städtische Müllabfuhr tat ihre Arbeit ruhig und gelassen wie ein Sondereinsatzkommando mit Spezialauftrag und die wenigen wilden Falschparker und Raser, wurden höflich aber bestimmt der Innenstadt verwiesen. John Rambo, Teil Eins, lässt grüßen.

Das neue Parkhaus gegenüber der Feuerwache, hatte ihr anfänglich bestehendes Parkplatzproblem gelöst. Die wenigen Parkplätze der Innenstadt, waren erstens heiß begehrt und zweitens nur sehr eingeschränkt zur allgemeinen Nutzung freigegeben. Deadline: Sieben Uhr morgens, danach erging es den Überziehern wie John Rambo. Sie wurden abgeschoben.

Der Standortwechsel in eine Vorstadtecke oder in einen Nachbarort mit stark eingeschränkter Population, war mehrfach diskutiert, aber nie vollzogen worden. Stattdessen hatten sie neue Fußböden verlegt und die Wand im Wohnzimmer königlich grün gestrichen.

Weil die kürzeste Zufahrt in die Innenstadt – am Fuß des Domberges scharf rechts am städtischen Altersheim vorbei -, seit Monaten saniert wurde, wählte Martina den Umweg über die schmale Einbahnstraße gegenüber dem Marriot-Hotel. Sie mündete nach etwa hundert Metern, auf Höhe eines Burger- und Frittenladens genannt „Der Kochlöffel" in die Untere Domstraße, keine hundert Meter in nörd-licher Richtung, vielleicht etwas mehr, von Nummer Fünfzig entfernt. Eine Menge Fahrradfahrer, dick vermummt wie Topterroristen, strampelten trotz der eisigen Temperaturen kreuz und quer durch die Stadt. Vor dem Gebäude der Stadtsparkasse auf der linken Seite, hatte sich auf einem dreiteiligen Ensemble in Stein gehauener Bären, eine Abordnung von Menschen mit deutlichem Migrationshintergrund eingefunden. Kostenloser W-Lan Kontakt mit der weit entfernten Heimat. Frauen, in bunte Tücher gehüllt weinten, Männer gestikulierten unaufhörlich und Kinder, die eigentlich um diese Zeit in einer Schule hätten sein sollten, umtanzten die Bären mit wilden ungezügelten Sprüngen. Der Mann aus dem Lottoladen, schräg gegenüber, stellte selbst fabrizierte Warnschilder vor seinem Schaufenster auf: VORSICHT, DACHLAWINEN!! Vor dem kleinen Obst- und Gemüseladen in Nummer Zweiundvierzig, kämpfte eine Reihe Broccoli, Tomaten und eine Kiste Chili mit der eisigen Kälte. Chance auf einen Sieg, gleich Null. Der Wäscheladen nebenan, hatte den Rollständer verbilligter Damenunterwäsche längst in wärmere Gebiete verfrachtet.

Auf den Dächern der meisten Häuser lagen seit dem Schneesturm vom vergangenen Wochenende, inzwischen steinhart gefrorene Schneefetzen; weiße ausgefranste Tücher die im Licht einer kraftlosen Wintersonne einem nahen Ende entgegen sahen. Darüber kreiste eine Schar aufgeschreckter Tauben in einer perfekt einstudierten schwungvollen Tanzchoreographie. Ein weit entfernter vierstrahliger Jet, pustete weiße Kondensstreifen in einen stahlblauen Himmel.

Ein typischer Kleinstadt-Freitag, dachte Martin, während sie langsam die Straße hinab rollten.

Kurz nachdem sie das Café Bellini passiert hatten, - einer ihrer sommerlichen Lieblingsplätze in der Altstadt -, rutschte die angedachte Kleinstadtidylle in eine gefährliche Schräglage ab. An der Einmündung Untere Domstraße, Ecke Blumengasse, exakt auf der Höhe von Hausnummer Fünfzig, hatte sich ein kleiner Verkehrsstau gebildet. Ein Lieferwagen von WOOLWORTH stand schräg versetzt mitten auf der Fahrbahn. Seine Warnblinkanlage lief auf Volllast, die Fahrertür stand weit offen, als ob der Fahrer, von dem keine Spur zu entdecken war, die Fahrerkabine in allergrößter Eile verlassen hatte. Vor dem Bäckerladen auf der anderen Straßenseite, bildete sich, langsam aber stetig wachsend, eine kleine Menschenansammlung.

„Fahr rechts ran", sagte Martin, „das restliche Stück können wir zu Fuß gehen."

Der Renault glitt in eine Parklücke direkt vor dem

Eingang der Zentral-Apotheke. Ihr Inhaber war stadtbekannt für seinen donnernden Humor und seine unsensiblen Auftritte im Kinoformat. Dr. T.F. Schwarzer war laut, direkt, und hielt wenig von Diskretion. Anwendung und Dosierung von Medikamenten der etwas delikateren Art, wurden mit der gleichen Lautstärke wiedergegeben, wie die Einnahmevorschriften für ordinären Hustensaft.

„Was da wohl passiert ist?" fragte Martina, während Martin das Gepäck aus dem Kofferraum wuchtete. „Diese Scheißkälte macht die Leute noch total verrückt. Vor ein paar Tagen ist ein Stück weiter unten eine junge Joggerin zusammengeklappt. Einfach so". Sie lauschte einen langen Moment dem metallischen Klick der Zentralverriegelung. „Ich will sofort in Urlaub fahren, am besten irgendwo hin, wo es noch im Bikini unerträglich heiß ist."

Immer mehr Menschen blieben neugierig glotzend stehen. Einige von ihnen kannte er. Der Gehsteig war bald dermaßen überbevölkert, dass an ein Vorwärtskommen nicht mehr zu denken war, schon gar nicht mit einem Koffer in Sideboardgröße. Aus sämtlichen Geschäften der unmittelbaren Umgebung strömten Leute auf die Straße. Ob es sich dabei um verschreckte Kunden oder das jetzt kundenlose Ladenpersonal handelte, blieb offen. Es spielte keine Rolle, die Ladenkasse war fest verriegelt und schließlich war das hier eine Kleinstadt in Oberbayern, nicht die Bronx in New York. Eine Totalplünderung nach amerikanischem Vorbild, stand nicht zu befürchten. Noch nicht!

Martin manövrierte den schweren Koffer zurück auf die Straße. Vielleicht war hier noch ein Durchkommen. Unter Zuhilfenahme einiger sparsam angesetzter Rippenstöße, einiger verbalen Nettigkeiten und einer unverhohlenen Drohung bezüglich einer möglicherweise sittenwidrigen Vorgehensweise (die Dame der diese Drohung zugedacht war, stand unter dem Schutz von vorsichtig geschätzten hundertvierzig Kilogramm Lebendgewicht und hatte schon allein deshalb nicht das Geringste zu befürchten) erreichten sie schließlich doch noch die schmale Passage vor ihrem Mietshaus. Die Eingangstür stand einen Spalt offen. Er stellte sein Gepäck ins Treppenhaus, dicht vor die bunte Palette der Briefkästen. Zurück auf der Straße sah er sich nach Martina um. Sie stand ein Stück von ihm entfernt am Fahrbahnrand, vertieft in ein Gespräch mit Rita, eine Mitarbeiterin von Dr. Winkler, dem Kieferchirurgen aus dem ersten und zweiten Stockwerk. Rita trug weiße Medizinerhosen, einen beigefarbenen knielangen Mantel und einen grob-gestrickten schwarzen Schal um den Hals geschlungen. Martina und er kannten Rita seit Jahren, sie war so etwas wie die gute Seele der Praxis. Hin und wieder nahm sie eine Brief- oder Paketsendung für sie in Empfang, wenn *DHL* wiedermal einen verdammt ungünstigen Liefertermin ansetzte. Wie immer hatte sie ihr langes blondes Haar zu einem Pferdeschwanz gebunden, der über den Schal hinweg auf ihrem Rücken hin und her baumelte.

Aus südlicher Richtung, erklang das böse keifende Gebell eines Martinshorns. Eine laute Stimme for-derte die dichtgedrängten Zuschauer auf, eine Ret-tungsgasse zu bilden. Sie öffnete sich nur zögerlich, wie eine Gruppe wildgewordener Weiber im Som-merschlussverkauf. Oder wie eine dichtgedrängte Schar blutgeiler Männer bei einer Kneipenschlägerei.

Die Stimme sagte: „Gütiger Himmel, wollt ihr wohl Platz machen, hier geht es vielleicht um Leben und Tod".

„Warum glaubst du stehen wir hier?", fragte eine andere Stimme, die ein wenig angetrunken klang.

Der Notarztwagen kam rasch näher.

Martin drängte sich neben seine Frau ohne Trauschein und begrüßte Rita mit einem freundlichen Lächeln. Unter normalen Umständen hätte er vielleicht: „Hallo Rita, was macht der lästige Zahnstein", gesagt, aber die Dinge schienen nicht wirklich einfach und normal zu sein. Rita lächelte zurück.

Die Motorhaube des WOOLWORTH-Lieferwagens versperrte nach wie vor die Sicht auf die Stelle, die von einer dichtgedrängten Menschentraube umlagert wurde. Martin schob sich etwas näher heran, hörte wie einige in der Menge wütend protestierten, kümmerte sich aber nicht darum was die Leute sagten. Zunächst hatte er angenommen, dass an einem Freitagvormittag eben ein ganz normaler Freitagvormittagsunfall passiert war. Ein eiliger WOOLWORTH-Lieferwagen mit einer stinknormalen Freitagvormittagslieferung, war in den Wagen einer

Freitagvormittagstussy auf dem Weg ins nächste Nagelstudio geknallt. *Einfach so, weil diese Scheiß-kälte die Leute langsam verrückt macht.*

Der Notarztwagen konnte nicht mehr weiter entfernt sein als höchstens fünfzig Meter. Das Gezeter aus dem Martinshorn schmerzte in den Ohren.

Zwei Schritte von der Stoßstange des Lieferwagens entfernt, lag eine reglose Gestalt auf dem tief-gefrorenen Asphalt. Lediglich die Beine waren zu sehen, der obere Teil der Gestalt war von einer karierten Wolldecke verdeckt. Die Gestalt trug alte Männerhosen aus groben braunen Cordstoff und feste Winterstiefel im Soldaten-Look. Etwa in Kopf-höhe, trat unter der karierten Decke eine gelbrote Flüssigkeit aus und zeichnete ein feines Zickzack-muster in den staubgrauen Fahrbahnbelag. Ob der Mann tot, oder nur schwer verletzt war, konnte Martin nicht erkennen. Aber allein die Tatsache dass niemand sich um ihn kümmerte, sprach unmiss-verständlich gegen eine echte Überlebenschance.

Der Notarztwagen rollte im Schneckentempo auf ein mühsam freigeschaufeltes Stück Gehsteig, vor dem Schreibwarengeschäft von Familie Bucher.

Erkenntlich an einem monströsen Blechschild über der Eingangstüre, das schon bessere Zeiten gesehen hatte. Die beiden älteren Herrschaften, die das Geschäft zusammen mit ihrer unverheirateten Tochter seit Jahrzehnten innehatten, standen mit sorgenvollen Minen vor dem einzigen, und wie immer altbacken dekorierten Schaufenster ihres Geschäftes. Die Angst, irgendetwas Schreckliches könnte ihren Laden innerhalb der nächsten Minuten in ein Trümmerfeld verwandeln, stand ihnen deutlich ins Gesicht geschrieben.

Das bellende Martinshorn dröhnte so laut von den Häuserfassaden wider, dass sich einige Zuschauer Schal und Wollmütze noch eine Spur tiefer über die Ohren zogen. Endlich wurde es abgestellt. „Müsst ihr eigentlich immer mit Marschmusik anrücken?" fragte ein schmales Männchen in der ersten Reihe. „Ihr macht mehr Krach als Bill Haley in seinen besten Tagen".

Die in grelle Rettungsfarben gekleidete Crew aus dem Notarztwagen, brachte mit geschickten Handgriffen eine Rollbahre in Stellung, während sich ein zerzauster Mittvierziger, in Begleitung zweier Sanitäter, die links und rechts schwere Arztkoffer mit sich schleppten, auf den Weg zu dem verunglückten Mann machte, der nach wie vor regungslos auf dem steingrauen Asphalt lag. Mit einem ärgerlichen Blick in die Runde, entfernte er vorsichtig die karierte Wolldecke, die eine gütige Seele über den Oberkörper und das Gesicht des Mannes gelegt hatte.

Ein Raunen ging durch die Menge.

„Mein Gott, das ist Chris", rief eine erschreckte Stimme, „eigentlich heißt er Simon Winter, oder so ähnlich, aber wir alle haben ihn immer nur Chris genannt".

„Ja, du hast recht, Freundchen", stimmte ein Anderer zu, „ aber wo, zum Teufel, ist sein Rollstuhl abgeblieben? Chris war ab dem Arsch gelähmt, er konnte keinen verdammten Schritt zu Fuß gehen".

Ein Stück die Straße hinab, steckte der Fahrer eines verbeulten VW-Kastenwagens den Kopf aus dem offenen Seitenfenster. Niemand achtete darauf. Erst als er mit lauter ärgerlicher Stimme rief: „Das beschissene Ding ist hier in meiner Fahrertür gelandet und hat ordentlich Schaden verursacht", richteten sich die Augen der meisten Zuschauer auf ihn. „Mein Chef reißt mir die Eier ab, wenn er das sieht".

Eine auffällig stark geschminkte Frau in hautengen Hosen meinte: „Soll ich das für ihn machen, Süßer, ich habe ein Händchen dafür?"

Ein paar der Umstehenden lachten amüsiert, einige schüttelten angewidert den Kopf.

Martina und Rita hatten sich inzwischen an die Seite von Martin gemogelt. Ihre Gesichter drückten jene Art Ängstlichkeit aus, die Menschen empfinden, wenn schlimme Geschichten nicht in den Medien, sondern eine Armlänge voraus passieren. In Reichweite, spürbar wie der Bums an eine Betonmauer. Martina sagte betroffen: „Ich kenne ihn auch, drüben aus dem KOB, manchmal haben wir ein paar Worte gewechselt. Er war….ich meine…..er *ist* ein Schlitzohr, immer zu einem derben Streich aufgelegt."

Die Kontakt- und Begegnungsstätte für suchtkranke Menschen, kurz KOB, war 2009 ins Leben gerufen worden. Es wurde von der öffentlichen Hand, Firmen, Institutionen und Sponsoren mit Geld- und Sachmitteln unterstützt und hatte es sich zum Ziel gemacht, fünf Tage in der Woche eine kostenlose

Anlaufstelle für hauptsächlich alkoholabhängige Patienten zu bieten. Man bot gemeinsames Kochen und Essen an und man hatte eine Kunstgruppe gegründet, deren Erzeugnisse in einem hauseigenen Laden verkauft wurden.

Rita nickte zustimmend. Der grobmaschige Schal um ihren Hals, war weit über den Mund gerutscht; ihre Stimme klang merkwürdig gedämpft: „Wisst ihr eigentlich, weshalb ihn alle Chris nannten?"

„Wegen seiner frappierenden Ähnlichkeit mit Christian Berkel, nehme ich an", antwortete Martina, „einer meiner Lieblingsschauspieler".

„Ganz genau", sagte Rita, „manchmal hat Chris diese Ähnlichkeit schamlos ausgenutzt. Er hat überall erzählt er würde nur deshalb im Rollstuhl sitzen, weil er sich auf seine neue Rolle vorbereiten müsse. Eine riesige Hollywood Produktion, Millionengage, mit Robert de Niro in der Hauptrolle. Am Ende kritzelte er ein paar unleserliche Buchstaben auf eine Serviette oder einen Bierdeckel und ließ sich zum Dank mit dem Rollstuhl durch die Stadt schieben".

Die Untersuchung des Mannes, den alle nur Chris riefen, dauerte nur wenige Minuten. Der zerzauste

Mittvierziger mit der Aufschrift NOTARZT quer über dem Rücken, schüttelte bereits nach kurzer Zeit den Kopf, bedeckte den Mann wieder mit der karierten Wolldecke und verschwand im Innern des Rettungswagen. Zwei Polizisten in Uniform bahnten sich einen Weg durch die wartende Menge. Sie forderten die Menschen auf, den Platz unverzüglich zu räumen, spannten rotweiße Plastikbänder und forderten mit einstudierten Worten Hilfe durch Kollegen von der Abteilung Spurensicherung an.

Langsam löste sich die Menschenansammlung auf.

Vor dem Eingang zu den Altstadtgalerien, keine dreißig Meter vom Unfallort entfernt, stand reglos eine Gestalt in einem blauen Wintermantel. Sie trug einen abgegriffenen grauen Männerhut und ausgebeulte Hosen. Ihr Blick aus tiefblauen Augen war kalt und starr. Mit einem winzigen Lächeln verschwand sie in der Schar zurückweichender Menschen und war eine Sekunde später nicht mehr zu sehen.

Der Artikel im *Stadtanzeiger* – einem dünnen Blättchen mit Provinzcharakter - stand unter der

Überschrift:

Tragischer Unfall fordert Todesopfer!

Rollstuhlfahrer stirbt
noch am Unfallort.

Die Zeitung für alle, wie die Macher ihr Blatt gerne selbst bezeichneten, erschien wöchentlich, gespickt mit Anzeigen örtlicher Unternehmen, einem halben Dutzend Stellenanzeigen und, auf einer der letzten Seiten versteckt versteht sich, der Suche nach einem liebevollen Partner. Seite Eins bis Vier war den Schlagzeilen der Woche vorbehalten. Der verzweifelte Hilferuf einer einsamen Witwe nach etwas Wärme und Zuneigung, hätte sich auf der Titelseite nicht ganz so gut gemacht. Fanden die Macher.

Martina brachte das Blatt vom Friseurbesuch mit. Manchmal bedurfte ihr langes dunkles Haar einer spontanen Generalüberholung. Locken raus, Farbe rein, die Andeutung eines Ponys in die Stirn gelegt, und schon war Martinas Welt einem globalen Frieden, wieder ein Stück näher gerückt. Martinas Wunsch nach einem dauerhaften Frieden in der Welt, und einer neuen Frisur, war hin und wieder nicht zu überhören.

„Seite Drei", sagte sie kurz angebunden, ehe sie zum Zweck friseurtechnischer Nachbesserungen im Badezimmer verschwand. Martin überflog den dreispaltigen Artikel mit dem Desinteresse eines Augenzeugen, der alles Wichtige bereits direkt miterlebt hatte. Okay, er hatte nicht gesehen wie ein tonnenschwerer Lieferwagen einen Mann, den alle Chris nannten, aus seinem Rollstuhl katapultiert und zu Tode gebracht hatte. Aber das war gut so. Er wusste, an Bilder wie diese erinnert man sich, man bekommt sie nicht mehr aus dem Kopf, bis sie zum Alptraum werden, bis sie einen verrückt machen, wie die verdammte Scheißkälte über der Stadt. Die Erinnerung an die reglose Gestalt unter der karierten Wolldecke, strapazierte seine Fähigkeit zur Ignoranz bereits in einer immer wiederkehrenden, erschreckenden Deutlichkeit. Er fühlte sich nicht schuldig, nicht verantwortlich dafür was geschehen war, aber irgendetwas sagte ihm, dass er in die Geschehnisse vom vergangenen Freitag eingebunden war. Vielleicht war Chris gestorben, weil er es nicht verhindert hatte.

Nach Aufzählung aller Fakten wie Ort und Uhrzeit, Name und Alter des Verunglückten, sprach der Artikel von noch ungeklärter Unfallursache und einer wahrscheinlichen Verkettung unglücklicher Umstände. Weiter hieß es darin:

„Die Staatsanwaltschaft ordnete zur Klärung der Unfallursache ein unfallanalytisches und technisches Gutachten an. Womöglich kann die Ermittlungsarbeit der Experten weiter Aufschluss über den Hergang geben.“

Am Ende des Artikels war eine Photographie eingefügt. In einer stark seitenverkehrten Aufnahme zeigte das Bild einen WOOLWORTH-Lieferwagen im Vordergrund, und den hinteren Teil eines Notarztwagens. Ein zerzauster Mittvierziger kniete vor einer reglosen Gestalt, von der nur ein Stück der Beine und ein Paar Soldatenstiefel zu sehen waren. Im Hintergrund eine Menschenansammlung, dicht gedrängt und erstaunlich scharf wiedergegeben. Der Photograph, dessen Name unter dem Bild stand, beherrschte sein Handwerk, soviel war sicher.

Und trotzdem, es war nur ein Schnappschuss.

Wieder hatte er das Gefühl, irgendwie in die Sache mit eingebunden zu sein. Er, Martin Linnemann, sollte auf diesem Bild zu sehen sein, weil es *sein* Bild war, weil es ohne ihn ein falsches Bild war. Weil er selbst dieses Bild ausgelöst hatte.

Schnappschüsse sind zwar das tägliche Brot eines Photographen, aber sicher nicht seine Passion. Das Bild von einem Verkehrsunfall, war ihm sicher keine große Herausforderung gewesen, auch wenn es dabei einen Toten gegeben hatte. Wie vielen anderen auch, war ihm Chris vielleicht ein guter Bekannter gewesen, vielleicht sogar ein Vertrauter oder ein guter Freund. Durchaus möglich, dass er das Bild mit geschlossenen Augen gemacht hatte, weil seine Kehle wie zugeschnürt gewesen war. Aber wie auch immer, der Mann hatte keine Freude an dem gehabt was er getan hatte.

Es ist ein falsches Bild, dachte Martin ein zweites Mal, *es ist nicht….vollständig*.

Er ging zu seinem Schreibtisch und kramte ein starkes Vergrößerungsglas aus der untersten Schublade. Ein Fehlkauf vom letzten Flohmarkt der vielleicht einmal einem Briefmarkensammler gehört hatte. Durch die starke Linse betrachtet, sah das Bild zunächst merkwürdig verzogen und unscharf aus. Er veränderte den Abstand so lange, bis im Zentrum der Linse scharfe Konturen sichtbar wurden. Die Zulassungsnummer des Lieferwagens tauchte auf, als hätte ein gütiger Augenoptiker zweikommafünf Dioptrien mehr dazu gepackt. Das Gesicht des Sanitäters hinter der bereitgestellten Rollbahre, nahm den gelangweilten Ausdruck eines unterbezahlten Handlangers an. Unschlüssig was er zu finden hoffte, ließ er das Vergrößerungsglas über die Gesichter der Menschen im Hintergrund wandern. Soweit er sehen konnte, war niemand unter ihnen, der ihm bekannt gewesen wäre. Einmal glaubte er Benjamin *Schießmich-tot*, den Kerl aus dem Reisebüro zu erkennen, bei dem sie gewöhnlich ihre Urlaubsreisen buchten. Aber er war sich nicht sicher. Klein *Benschie* hatte so ein verdammtes Alltagsgesicht. Das Gesicht daneben hätte er aus einer Million anderer Gesichter herausgefiltert. Dunkle Augen, schmal, nicht eingefallen, roter Mund zwischen leicht hochgezogenen Mundwinkeln, beschattet von einem grauen abgegriffenen Herrenhut. Eingerahmt vom hochgeschlagenen Kragen eines dunkelblauen Herrenmantels.

In diesem Moment war das Bild….*vollständig.*

Er hörte die Badezimmertüre klappern und verstaute das Vergrößerungsglas rasch wieder in der untersten Schreibtischschublade.

An seinem letzten Urlaubstag, ein Mittwoch Ende Januar, ergab sich die Möglichkeit, völlig ungestört einige Recherchen jener Art zu betreiben, die Martina ganz gewiss nicht gut geheißen hätte. Sie hatte sich mit ein paar Mädels zur Shoppingtour in Zentrum von München verabredet. Und obwohl die Wetterfrösche für diesen Mittwoch übereinstimmend heftige Schneefälle vorausgesagt hatten, wäre schon eine Katastrophe göttlicher Größenordnung nötig gewesen, sie und die Mädels davon abzuhalten.

Der *Stadtanzeiger* war so freundlich gewesen, der aktuellen Wochenausgabe eine Telefonnummer beizufügen, unter der die Redaktion und die Anzeigenannahmestelle des Blattes rund um die Uhr zu erreichen war. Martin wählte die angegebene Telefonnummer, verbrachte eine Minute in der Warteschleife, und wurde schließlich auf seine Bitte hin, mit Stefan Kleinschmidt verbunden.

Dessen tiefe feste Stimme erinnerte Martin an seinen Chef Paul Weger.

Nicht sehr wahrscheinlich, dachte er amüsiert, *dass Paul einem Nebenjob nachgeht.*

„Ja, Kleinschmidt", sagte der Mann kurz angebunden. Es klang als könne er Anrufe am frühen Morgen nicht besonders gut leiden. Eigentlich überhaupt nicht gut leiden.

„Mein Name ist Immermann", begann Martin vorsichtig, „ich hoffe mein früher Anruf sprengt nicht ihre morgendliche Redaktionssitzung". Seine Absicht war es gewesen, höflich und sachlich zu klingen, nicht unterwürfig wie ein Bittsteller. Scheiße!

„Nein, keineswegs", erklärte Kleinschmidt ungerührt, „was kann ich für sie tun?" Es klang wie: *Ich gebe dir genau drei Minuten, danach schmeiß ich dich höchstpersönlich aus der Leitung.*

„Es geht um den Artikel über den tödlichen Unfall mit einem Rollstuhlfahrer. Er wurde von einem WOOLWORTH Lieferwagen angefahren. Sie haben in ihrer Montagausgabe darüber berichtet."

„Ja, und?" Wenn Unfreundlichkeit eine gottgegebene Tugend war, was Martin für ziemlich unwahrscheinlich erachtete, hatte Kleinschmidt eine Überdosis davon abbekommen.

Der Telefonhörer wechselt aus seiner rechten Hand nach links hinüber. Martina behauptete immer, Martin würde das nur dann tun, wenn das Gespräch seiner direkten Kontrolle entglitt. Oder, wenn er seinen Gesprächspartner unbedingt los werden wollte.

„Nun ja, Herr Kleinschmidt, sie erwähnen in ihrem Artikel ein unfallanalytisches und technisches Expertengutachten", sagte Martin so ruhig wie möglich. „Ihre Kontakte zu den zuständigen Behörden sind sicher weitaus besser als meine. Ich habe nämlich keine. Deshalb liegt meine Frage auf der Hand. Gibt es inzwischen neue Erkenntnisse was genau sich vor fünf Tagen direkt vor meiner Haustür abgespielt hat?"

Er erwartete nicht, dass Kleinschmidt gleich losplappern würde wie ein Nachrichtensprecher, der das *„Wir sind auf Sendung"* Signal empfangen hatte. Trotzdem klang das Schweigen aus dem Telefonhörer nach gewaltiger Verarsche. Eine gefühlte Minute lang, kam lediglich das sirrende Geräusch heftiger

Atemzüge bei ihm an.

„Also, Herr Immermann", antwortete Kleinschmidt schließlich doch noch, „nennen sie mir bitte einen vernünftigen Grund warum ich das tun sollte? Nur weil es direkt vor ihrer Haustür passiert ist, überzeugt mich in keinster Weise".

Touche, dachte Martin, *wenn du kleiner Presse-scheißer denkst, ich wäre auf diese Frage nicht vorbereitet, hast du dich aber gewaltig geschnitten. Ich wusste genau, du würdest mich das fragen.*

„Das will ich gerne tun, mein Lieber, aber erlauben sie mit vorher noch eine Frage. Ist ihnen nicht die frappante Ähnlichkeit des Unfallopfers mit einem der bekanntesten deutschen Schauspieler aufgefallen?

„Wie bitte, ich weiß nicht was sie meinen?"

„Oh doch", sagte Martin, „ich bin sicher sie wissen ganz genau was ich meine. Sie sind lang genug im Geschäft".

Er ließ seine Worte ein wenig Wirkung erzeugen, wie ein Tiefschlag auf ungeschützte Eier. Die jetzt deutlich angestiegene Frequenz seiner Atemzüge, entlarvten Kleinschmidt als potentiellen Knock-out-Kandidaten. „Sie haben diese Ähnlichkeit in ihrem

Artikel mit keinem Wort erwähnt. Ich will ihnen auch sagen warum. Sie hatten Angst in ein Wespennest zu stechen, hab ich recht?"

„Warum sollte ich, die Ähnlichkeit ist rein zufällig, sie tut nichts zur Sache". Die Frequenz seiner Atemzüge erreichte Leistungssportlernniveau. Er war ein schlechter Lügner.

„Sein Vater denkt bestimmt ganz anders darüber". Es war ein Spiel mit vielen Unbekannten, aber Martin zählte einfach darauf, dass Kleinschmidt keine Zeit und keine Möglichkeit hatte, den Wahrheitsgehalt der Aussage zweifelsfrei zu überprüfen. Er musste sich jetzt und hier entscheiden. „Ihr Käseblatt und ihr wackliger Stuhl werden es nicht überleben, wenn einer der prominentesten deutschen Schauspieler sie in die Mangel nimmt. Glauben sie nicht auch, Stefan?" Den Tipp, Gesprächspartner in der kritischen Phase einer Unterhaltung mit den Vornamen anzusprechen, hatte er von einer internen Diplom-Psychologin erhalten, die hin und wieder die Marketing-Schulungen in Bad Homburg begleitete.

Stefan Kleinschmidt reagierte wie erwartet. Die Frequenz seiner Atemzüge stieg zunächst noch an, dann ebbte sie langsam ab. Es schien als habe er einen Ausweg gefunden, eine simple einfache Lösung, die beide Seiten zufriedenstellen würde.

„Ist Immermann ihr richtiger Name?" fragte er nach einer kurzen Pause.

„Nein" antwortete Martin wahrheitsgemäß, „aber was spielt das für eine Rolle?"

„Vermutlich keine, ich wollte eigentlich nur wissen, von wem ich ans Kreuz genagelt werde."

Der Telefonhörer wechselte zurück auf die andere Seite hinüber. „Reden sie keinen Unsinn, Stefan, sagen sie mir einfach was die polizeiliche Ermittlung ergeben hat. So einfach ist das. Sie sind nicht Edward Snowden, und ich bin nicht von der CIA. Sie verraten keine Staatsgeheimnisse, so wichtig sind sie nicht, mein Freund."

Es gehörte nicht viel Phantasie dazu, seinen nächsten Zug vorauszusehen.

„Einverstanden, aber sie haben diese Informationen nicht von mir. Ein Teil davon wird morgen sowieso in der Zeitung stehen." Martin hörte das Knistern einer Packung Zigaretten, das steinige Ratschen eines Feuerzeugs und den stürmischen Atemzug, mit dem

Kleinschmidt sein Leben um eine weitere Stunde verkürzte. „Es war keine Verkettung unglücklicher Umstände, wie die Polizei irrtümlich angenommen hat. Der Unfall wurde absichtlich herbei geführt. Die genauen Umstände müssen noch ermittelt werden. Unbestritten ist bis zu diesem Moment lediglich die Tatsache, dass der Rollstuhl des Mannes manipuliert wurde, vermutlich haben die Bremsen versagt."

„Es war also …. Mord?" Die Frage kam seltsam leicht über seine Lippen, als habe sein Verstand diese Möglichkeit längst in Betracht gezogen.

„Nun ja, wie bereits gesagt, der Unfall wurde absichtlich herbei geführt."

„Irgendwelche Spuren, irgendwelche weiteren Anhaltspunkte?"

„Nein, dafür ist es noch zu früh."

Martin spürte die eisige Kälte der Lüge, wie den frostigen Wind der seit Tagen durch die Straßen fegte. „Ach kommen sie, Stefan. Keine Zeugen, niemand der etwas gesehen hat?" Er ließ ihm einen Moment um nachzudenken. „Ich bin da gewesen, wissen sie, ich habe die vielen Menschen gesehen, sie hatten ihre Augen überall. Irgendjemand muss etwas mitbekommen haben."

Ein weiterer stürmischer Atemzug, gefolgt von einem dumpfen Poltern. „Eine Zeugin will den Mann etwa fünfzehn Minuten vor dem Unfall, in Begleitung eines anderen Mannes gesehen haben. Sie beschreibt ihn als mittelgroß, eher schmächtig gebaut. Er trug einen tiefblauen Mantel, einen grauen Hut und ausgebeulte Hosen."

Martin fühlte die Erinnerung an die Begegnung im Parkhaus, wie die unscharfen Bilder eines Films aus den dreißiger oder vierziger Jahren vor sich aufsteigen. Der Film war jetzt….*vollständig.*

„Was davon wird morgen in den Zeitungen stehen?" stellte er eine letzte Frage.

„Nur das, was bis heute…die Polizei will die weiteren Ermittlungen nicht unnötig gefährden."

Martin wünschte ihm einen guten Tag und legte auf.

Er vertrödelte eine Stunde mit der fruchtlosen Betrachtung von zwei polierten Ein-Euro-Münzen. Er ließ sie wie liebgewonnenes Spielzeug durch die Finger gleiten, immer und immer wieder. Die Gedanken an das, was Stefan Kleinschmidt ihm erzählt hatte, kreisten auf einem Kinderkarussell durch seinen Verstand.

Immer und immer wieder.

Ein winziger, egoistischer Teil, tief in der Müllgrube seiner Gedankenwelt versteckt, gratulierte ihm euphorisch dazu, wie er Kleinschmidt mit einer simplen, beinahe kindlichen Lüge auf die Rolle genommen hatte. Eigentlich hatte er deutlich mehr Gegenwehr erwartet. Ein erfahrener journalistischer Haudegen wie Kleinschmidt, in jahrelangen Kämpfen auf dem Parkett menschlicher Intrigen bis zur Unempfindlichkeit gestärkt, war nicht in der Lage gewesen ernsthaften Widerstand zu leisten. Natürlich war die Story eines alkoholkranken Rollstuhlfahrers nicht der absolut große Aufmacher. Daran änderte auch sein tragisches Ende nichts. Um es in die Schlagzeile auf Seite Eins zu schaffen, hätte schon „einer der bekanntesten deutschen Schauspieler" auf dem eisigen Asphalt vor seiner Haustüre verbluten müssen. Aber es war nun mal nur „Chris" gewesen, der diese eiskalte Welt, *die langsam alle verrückt machte*, für immer verlassen hatte; Kassenkraft in einem KOB-Laden.

Er stellte sich ans Fenster und starrte auf die

Straße hinab. Der schweigsame Mann aus der Stadtbücherei hastete eilig die Blumengasse hinauf. Die runden Tische an den Fenstern der Bäckerei, schräg gegenüber, waren menschenleer. Weißer Rauch stieg aus einigen Schornsteinen, gewann mühsam an Höhe und brach links weg, als wäre er gegen eine unsichtbare Barriere gestoßen. Ein blauer Linienbus spuckte eine alte Frau mit Gehstock auf den Bürgersteig.

Der Gedanke an Stefan Kleinschmidt wollte ihn nicht loslassen.

Dr. T. F. Schwarzer, lautstarker Eigentümer der Zentral-Apotheke im Nachbargebäude, durchbrach, schwungvoll wie immer, die Eingangstür der Bäckerei, kam eine Minute später mit einer Einkaufstüte unter dem Arm wieder zum Vorschein und verschwand mit weit ausladenden Schritten aus seinem Sichtfeld. Die vorausgesagten heftigen Schneefälle ließen noch auf sich warten. Ein grauer nebliger Himmel hing wie ein konturloses Zeltdach über der Stadt.

Von seinem Standpunkt aus, konnte er die Spuren die der Unfall vor seiner Haustüre hinterlassen hatte nicht erkennen. Aber er wusste, sie waren immer noch da. Als er eilig die Frühstücksbrötchen besorgt hatte, waren die Kreidemarkierungen, und die langsam verblassende gezackte Blutspur auf dem Asphalt noch deutlich sichtbar gewesen. Die verdammte Kälte über der Stadt, hatte vermutlich eine Art Konservierungsprozess in Gang gesetzt.

Die verdammte Kälte hatte vielleicht auch seinen klaren Verstand in Mitleidenschaft gezogen. Er erinnerte sich plötzlich an einen Gedanken, der ihm bei der Aufarbeitung der Geschehnisse im Parkhaus gekommen war.

Was, wenn sie enttarnt werden wollte?

Vielleicht fand die Geschichte jetzt und hier ihre Fortsetzung. *Was, wenn Kleinschmidt dir genau das erzählt hat, was er dir erzählen wollte, oder noch eine Spur bizarrer, was man ihm aufgetragen hat dir zu erzählen?*

Ja, was?

Er betrachtete die beiden Münzen in seiner Hand mit einem bösen Blick, als hätte sie ihm etwas zuleide getan. Außer einem schlimm eingerissenen Fingernagel konnte er keinerlei Schaden an seinen

Händen feststellen. Die feinen Risse in den Hautfalten der Gelenke waren eindeutig der verdammten Kälte geschuldet. Er warf die beiden Münzen in eine Blechdose auf seinem Schreibtisch und schlug zum x-tenmal in den vergangenen Tagen den Stadtanzeiger auf. Eine verschwommene Möglichkeit zu überprüfen ob Kleinschmidt in verarscht hatte, gab es noch. Er fand das was er suchte, rechts unter dem Bild vom Unfallort. Foto: Paul Emmerich

Der Spaziergang tat ihm gut. Die Kälte verbiss sich in sein Gesicht, wie ein Schwarm giftiger Insekten. Trotz der dicken Wollhandschuhe zitterten seine Hände, tief vergraben in den weiten Taschen einer braunen Steppjacke, als würden sie bis hinauf zu den Handgelenken in Eiswasser stecken. Wieder einmal, wie schon so oft, hatte er auf eine wärmende Kopfbedeckung verzichtet. Der Preis den er für diese Dummheit jetzt bezahlte war ein stechender Schmerz hinter dem rechten Ohr, genau an der Stelle, wo ihn im Sommer ein verirrter Golfball getroffen hatte. Es war nur ein kurzer Chip über einen Sandbunker hinweg gewesen, kein Kanonenschlag mit dem Driver, der ihn mit Sicherheit bis Neun auf den Rasen geschickt hätte. Trotzdem hatte er die Folgen des Treffers wochenlang gespürt.

Wieder einmal, wie so oft (Martinas hämischer Kommentar aus dem fernen München tat sein übriges dazu), spielte er mit dem Gedanken, mit einem kurzen Abstecher ins Sporthaus Gebeck und dem Erwerb einer Wollmütze mit riesigen Ohrenklappen, seiner Dummheit einen Deckel aufzusetzen. Martina war dort Stammkundin, er selbst ein eher selten gesehener Gast. Vielleicht war es der einsetzende Schneefall, der in zur Eile trieb, vielleicht auch nur das Taxi vor dem Hotel Bayrischer Hof, das dicht vor ihm, brummend auf die Straße hinausschoss und sämtlichen Schwung aus seinen Schritten nahm. Er ging einfach weiter, die Stelle hinter seinem rechten Ohr schmerzte noch immer.

Phillip Emmerich besaß einen Photoladen mit integriertem Paketshop am Ende der Oberen Domstraße. *Photo Emmerich* war nicht besonders gesund auf der Brust, manche behaupteten sogar der Laden wäre todkrank. Die Schuld daran trug natürlich der supermoderne Elektronik- und Unterhaltungsriese am Stadtrand, der in einer einzigen Woche mehr Sonderangebote auf den Markt warf, als *Photo Emmerich* in einem ganzen Jahr.

Martin erreichte den Laden um die Mittagszeit. Die Digitaluhr über der schmalen Eingangstür stand auf 11:46. Der Photoladen, bestehend aus notdürftig mit billigen Bilderrahmen und einem Dutzend Packungen Fotopapier bestückten Regalen auf der einen, und einem halb so großen fahrbaren Regal aus Metall, in dem an Haken kleine Plastiktütchen mit diversen Kleinkram wie Batterien in allen erdenklichen Größen, Tragebänder für Kleinbildkameras und eine Anzahl Ladekabel der verschiedensten Hersteller hingen, wirkte aufgeräumt, aber wenig attraktiv. Ein farbloser Tisch, belastet mir einer betagten Registrierkasse, diente im Hause Emmerich offenbar als Ladentheke. Das fahrbare Regal trennte den Raum in zwei, etwa gleichgroße Teile. Der angeschlossene Paketshop hatte sich rechts von der Mitte breit gemacht.

Neben der betagten Registrierkasse stand ein Mann, der mit gesenktem Kopf farbenfrohe Klapptaschen aus Papier, in ein buntes Kistchen mit

Registrierkarten von A bis Z einsortierte.

„Herr Emmerich", sagte Martin gedämpft, „haben sie eine Minute Zeit für mich?"

Der Mann hob den Kopf und ließ die restlichen Klapptaschen in einem leeren Regalfach verschwinden. Martin schätzte ihn auf Anfang Sechzig, sicher nicht älter. Er trug einen gepflegten Frank-Zappa-Bart und langes, zu einem Pferdeschwanz gebundenes steingraues Haar. Sein hagerer Körper steckte in ausgewaschenen Jeans, einem weißen Leinenhemd mit aufgerollten Ärmeln und einer ärmellosen Weste mit unzähligen Taschen auf der Brust.

Es gibt Menschen, dachte Martin, *denen ist ihr Beruf oder ihre Passion auch splitternackt noch anzusehen. Schlachter zum Beispiel, oder Gerichtsvollzieher.*

Dieser Mann war auch splitterfasernackt noch Photograph.

Darüber hinaus war der Mann auch noch Musiker. Er hatte im Sommer, zusammen mit seinen Freunden, auf dem jährlich stattfindenden Uferlos-Festival eine jämmerliche Version von „*Hey Joe*" zum Besten gegeben. Martina und er waren unter den Zuschauern gewesen.

„Junger Mann", sagte der Mann mit einem belustigten Augenzwinkern, „in meinem Alter ist Zeit etwas sehr wertvolles. Aber ich denke, eine Minute kann ich erübrigen."

„Großartig", entgegnete Martin, „ich bin Ihnen sehr dankbar."

„Geschenkt", sagte der Mann und lächelte ein verschmitztes Komödiantenlächeln.

Martin zog den Stadtanzeiger aus der Jackentasche, schlug Seite Vier auf und schob ihn gut sichtbar über den Ladentisch. Er deutete auf das Bild in der oberen linken Ecke und sagte: „Was können sie mir über dieses Foto erzählen, Herr Emmerich, ich meine, wie kam es zustande?"

Sein Blick ruhte nicht länger als eine Sekunde auf dem Bild, als betrachte er die Photographie eines seiner Kinder, das er hunderte Mal gesehen und bis in alle Einzelheiten verinnerlich hatte. „Teil eins der Frage ließe sich vielleicht mit einem *leider etwas überbelichtet* beschreiben. Teil zwei, wie es zustande kam, ist noch leichter zu beantworten. Ich hatte meine alte Nikon zur Hand, und hab im richtigen

Moment abgedrückt. Ist ihre Neugier damit befriedigt?"

Seine fragend hochgezogenen buschigen Augenbrauen, passten fugenlos zu dem vergnügten Grinsen auf seinem Mund. Der Bart von Frank Zappa grinste irgendwie mit.

Die Stimme von Martina aus dem fernen München sagte: *Diese Abreibung hast du verdient, mein Lieber, du benimmst dich wie ein Idiot.*

Wo sie recht hat, hat sie recht!

„Tut mir leid, Herr Emmerich, das alles war wohl sehr ….also…. unüberlegt von mir. Ich platze in ihr Geschäft, erkläre mit keinem Wort wer ich bin und stelle darüber hinaus noch ziemlich dämliche Fragen."

„Nicht dämlich, nur ein bisschen unüberlegt."

Martin nannte Emmerich seinen Namen – seinen richtigen Namen -, sagte ihm, wie er den tödlichen Unfall, direkt vor seiner Haustüre miterlebt hatte und berichtete in knappen Worten von seinem Telefongespräch mit Stefan Kleinschmidt. Den wirklichen Grund seines Besuches erwähnte er zunächst nicht.

„Okay, Martin. Ich darf sie doch Martin nennen?"

Es klang eher wie eine Feststellung als eine Frage. „Stefan hat ihnen vielleicht schon erzählt wie es normalerweise läuft. Er bekommt einen Anruf, stellt fest, dass in der Redaktion kein Photograph aufzutreiben ist, erinnert sich an den guten alten Emmerich, worauf der sich auf seinen Roller schwingt, weil jeder Auftrag Geld einbringt und der gute alte Emmerich immer Geld brauchen kann. Emmerich düst also los, findet den Platz wo es geknallt hat und macht die alte Nikon schussbereit. Soweit alles verstanden?"

Martin öffnete den Reisverschluss seiner Steppjacke, und schlug den gepolsterten Kragen zurück. „Ich glaube ich verstehe. Sie sind ....wie sagt man.... freier Photograph und werden manchmal hinzugezogen wenn Not am Mann ist."

Phillip Emmerich nickte zustimmend.

„Was ich noch gerne wissen würde", setzte Martin nach, „betrifft die Auswahl der Motive, den Blickwinkel, was wird wie ins Bild gesetzt und was nicht? Wer hat das Sagen? Lässt Kleinschmidt ihnen völlig freie Hand, oder gibt es eine Art Drehbuch?"

„In der Regel hat Stefan den Artikel den er

schreiben wird, bei meiner Ankunft schon halb im Kopf. Er sagt mir was ich aufnehmen soll und die alte Nikon und ich ziehen die Schlinge dann endgültig zu. So läuft das normalerweise."

„Normalerweise?"

„Ich glaube, ich muss ihnen da mal was erklären, Martin", sagte Phillip Emmerich nachdenklich. „Ich kann da als Photograph nicht einfach antanzen und wild durch die Gegend knipsen. So läuft das nicht, es gibt gewisse Regeln zu beachten. Stellen sie sich mal vor, ich drück auf den Auslöser und erwische im Hintergrund eine halbnackte Frau auf dem Balkon. Vielleicht die Frau eines einflussreichen Bürgers dieser Stadt, die ein nicht ganz so einflussreiches Tete-a-Tete mit ihrem überhaupt nicht einflussreichen Liebhaber hat".

„Könnte eine Menge Geld drinstecken", gab Martin lächelnd zu bedenken.

„Oder dauerhaftes Berufsverbot und ein ein-geschlagener Schädel". Phillip kratzte sich an einer Stelle am Hinterkopf, eine Fingerbreite von dem Gummiband entfernt das seine steingrauen Haare in Form hielt. „Auf einem meiner Fotos waren vor einigen Jahren rechtsradikale Wandschmierereien zu sehen. Sie wurden gerade noch rechtzeitig aus dem Verkehr gezogen, ehe der *Stadtanzeiger* in Druck ging."

„Und was ging am vergangenen Freitag schief? Was ist da auf dem Speicherchip ihrer Nikon gelandet, was nie und nimmer dort hätte landen dürfen? Ich war da, wissen sie, mir ist nichts aufgefallen. Keine halbnackte Frau und keine Wandschmierereien."

Emmerich lächelte wieder sein Komödiantenlächeln. Er drehte den *Stadtanzeiger* auf der Ladentheke in eine Position die es Martin möglich machte das Bild klar und deutlich sehen zu können. „Das hier", sagte Phillip Emmerich grinsend, „ist ein Bild, das in meiner Sprache als Comicschuss bezeichnet wird. Dafür bin ich nicht verantwortlich."

„Ihr Name steht darunter", widersprach Martin, „und vermutlich haben sie Geld dafür bekommen."

„Das stimmt in der Tat", stimmte Phillip Emmerich zu, „ich habe sogar doppelt kassiert. Und wissen sie was, Martin, hinterher hab ich mir den Hintern gekratzt und die Langspielplatte vom *CREAM*-Konzert

1968 in Pittsburgh bestellt. Schweineteuer und kaum zu kriegen."

„Was meinen sie mit doppelt kassiert, Phillip?"

„Für einen Comicschuss kassiert man immer zwei Mal, das liegt in der Natur der Sache."

Das Karussell in seinem Kopf ging in Startposition. „Erklären sie es mir bitte, ich verstehe kein Wort."

„Eigentlich ist es ganz einfach, Martin", sagte Phillip als spreche er von der simpelsten Sache der Welt. „Egal wo, egal wann, in dem Moment wo meine Nikon auftaucht und die Zuschauer mich als Pressephotographen ausmachen, geht den Leuten der Gaul durch. Sie wollen mit einbezogen werden, drängen in Positionen die auf dem Bild später zu sehen sein werden. Jede Zurückhaltung wird fallen gelassen."

Martin winkte ärgerlich ab. „Übertreiben sie nicht, Phillip, sie wissen ich war da. Mehr als ein paar dämliche Sprüche habe ich nicht mitbekommen."

„Dann hören sie mir jetzt genau zu", ermahnte ihn Phillip. „Wenn sie genau hinschauen, können sie auf dem Foto im Hintergrund eine Gestalt in einem blauen Mantel erkennen. Das Gesicht ist leider halb von einem grauen Hut verdeckt. Sehen sie sie?"

„Selbstverständlich", sagte Martin. *Sie läuft mir nicht zum ersten Mal über den Weg. Und sie wirft Geldstücke in meinen Briefkasten.*

„Tatsächlich ist es eine Frau in Männerkleidung", fuhr Phillip Emmerich fort. „ Sie bot mir einen großen Schein, einen wirklich großen Schein, wenn ich sie mit auf das Foto bringe. Wie sie sehen, habe ich mein Wort gehalten."

„Sonst noch was?"

„Ja, etwas wirklich Seltsames. Zusätzlich zu dem Schein, steckte sie mir eine glänzend polierte Ein-Euro-Münze zu."

Auf dem Nachhauseweg wurde der Schneefall von Minute zu Minute heftiger. Am Übergang Bahnhofstraße betrug die Sicht unter fünfzig Meter, Tendenz abnehmend. Er wählte seinen Weg soweit wie möglich unter Markisen und Vordächern, stellte aber rasch fest, dass andere Weggenossen längst auf die gleiche Idee gekommen waren. Die Turmuhr von Sankt Georg schickte zwölf helle Glockenschläge in das Schneetreiben hinaus, in einem exakt gleichbleibenden Rhythmus. Das Gespräch mit Phillip Emmerich hatte also nicht länger als vierzehn Minuten gedauert.

Vor dem Drogerie-Discounter, dessen Name, und Teile der angebotenen Produktpallette, beinahe täglich in der Fernsehwerbung auftauchten, wäre er beinahe in eine vermummte Gestalt hineingelaufen. Sie hielt den Kopf tief gesenkt und kam praktisch aus dem absoluten Nichts. Er murmelte eine halblaute Standardentschuldigung, wandte sich nach links und wäre beinahe mit der nächsten Gestalt kollidiert.

Ein kleines winselndes Etwas, das irgendwann ein Hund hätte werden sollen, strich hechelnd um einen Fahrradständer. Ein junges Mädchen unter einer roten Fellmütze zog es weg. Seine Wut entlud sich in einem giftigen Zähnefletschen, das angesichts seiner Winzigkeit beinahe etwas lächerlich wirkte.

Ein paar Schritte weiter, zwängt er sich instinktiv in die kleine Nische vor dem WOOLWORTH Personaleingang. Ein älterer Herr in einem pelzbesetzten grauen Wintermantel rückte ein wenig zur Seite, lächelte mitleidig und musterte ihn mit einem Blick der nichts Gutes versprach. Er trug eine graubraune Pelzmütze, die eher nach Sibirien, als in die Einkaufsstraße einer bayrischen Kleinstadt gepasst hätte. Das schmale Heftchen in seiner Hand, identifizierte ihn als Zeuge Jehovas. Martin rubbelte den Schnee aus seinen Haaren, der in einer feinen Wolke auf die Straße hinaus wehte. Dieser, oder ein anderer Zeuge standen um die Mittagszeit immer hier, hielten ihr schmales Heftchen hoch und trugen ein missionarisches Lächeln zur Schau. Der Mann weckte Martins Interesse eigentlich nur deshalb, weil er etwas tat, das Angehörige seiner Rasse sonst nie taten. Er rauchte eine filterlose Zigarette. Es war nicht die erste an diesem Tag. Neben seiner Stiefelspitze, lag ein Häufchen ausgetretener Zigarettenstummel.

„Glauben sie an Gott, mein Freund?", sagte der Mann und hielt dabei das schmale Heftchen eine Handbreit höher.

Die Frage hat ja kommen müssen, dachte Martin, *vielleicht muss er irgendwo Rechenschaft über seine missionarischen Glanztaten ablegen.*

„Ich hab von ihm gehört", antwortete er ungeduldig, „bin ihm aber noch nie begegnet".

Das Heftchen sank wieder in seine ursprüngliche Position zurück.

Martin wischte sich die Schneereste aus den Augen, schüttelte die weißen Polster von seiner Jacke und stapfte weiter. Die Schneeflocken schmolzen rasch auf seinem überhitzten Gesicht. In seinem Drei-Tage-Bart verfingen sich winzige Wassertropfen, die bald ein dünnes Rinnsal bildeten, das stetig schneller werdend seinen Hals hinunter lief.

Zuhause angekommen stellte er sich unter eine heiße Dusche und schob ein Fertiggericht in die Mikrowelle. Ein kleiner persönlicher Akt der Freiheit, wenn Martina nicht anwesend war. Hinterher legte er sich auf die Couch und schlief sofort ein.

Er schlief noch, als Martina am frühen Abend zurück kam und ihre Einkäufe im Flur abstellte.

Die nächsten beiden Tage verflogen als hätte man sie in einen Teilchenbeschleuniger gesteckt. Wie immer um diese Jahreszeit, fahndeten Kleingeister der Abteilung Controlling aus der Konzernzentrale, nach gewissen Ungereimtheiten in den Büchern von ENIUS-Pharmaziebedarf. Sie waren überall. Selbst

Kaffee- und Wettspielkassen weckten ihr Interesse. Jedenfalls für kurze Zeit.

Zusammen mit seinem Boss Paul Weger, hatte Martin zwei Tage lang mehr als genug zu tun, die Abordnung aus Bad Homburg bei Laune, und das Tagesgeschäft seines Arbeitgebers in Schwung zu halten. Computerdateien wurden bis in die hintersten Ecken nach Abweichungen durchforstet. Der Schrift- und E-Mailverkehr mit diversen Lieferanten genauestens unter die Lupe genommen. Die Personalplanung wurde wie immer besonders aufmerksam beleuchtet. Abgänge wurden kommentarlos abgesegnet, Neueinstellungen kritisch beäugt. Neueste Umsatzzahlen, die allgemeine Entwicklung der Kundenstatistik und Gespräche mit einzelnen Abteilungsleitern rundeten das Bild ultimativ ab.

Freitagabend gegen Neunzehn Uhr war es geschafft. Die Bad Homburger Delegation saß in der Abendmaschine nach Frankfurt, positiv beeindruckt, wie sie im obligatorischen Abschlussgespräch ausdrücklich betont hatte. Der dichte Schneefall über dem Münchner Flughafen war schon vor Stunden in einen kaum spürbaren Graupelregen übergegangen.

Die Maschine würde Frankfurt pünktlich erreichen.

Paul Weger hatte Martin noch zu einem unaufgeregten Absacker in die Hotelbar am Terminal Zwei eingeladen. Sie gingen noch einmal kurz auffällige Einzelheiten der vergangenen achtundvierzig Stunden durch und trennten sich kurz vor zwanzig Uhr mit einem freundschaftlichen Schulterklopfen.

Martina saß vor dem Computer und arbeitete an einem Artikel mit dem vielsagenden Titel: *Laufen über Vierzig*. Zum Thema Laufen hatte sie bereits Ende 2015 ein Buch veröffentlich, eine Sammlung von Kurzgeschichten, die sich samt und sonders mit ihrem Lieblingssport Laufen beschäftigten.

„Alles senkrecht, Schatz", erkundigte sie sich mit einem kurzen Blick über die Schulter, „wie ist es gelaufen?"

„Bestens", antwortete er müde, „Lust auf ein Abendessen bei Christos? Du bist eingeladen".

Über Nacht waren die Temperaturen deutlich angestiegen. Die vereisten Regionen der letzten Wochen räkelten sich, knapp über den Gefrierpunkt, wohlig unter einer strahlenden Morgensonne. Ein

Hoch vom Atlantik (von den Wetterfröschen seit Tagen großspurig angekündigt), schaufelte milde Luftmassen über den Alpenkamm, vertrieb die Nebel in den Flusstälern und ließ die Schneefetzen auf den Dächern der Häuser abtropfen.

Martina war in ihre Sportklamotten geschlüpft, um eine Aufwärmrunde durch die beinahe menschenleere Stadt zu laufen. Vielleicht würde sie auch nur ein bisschen powerwalken, so genau wusste sie das vorher nie. Tagesform und die Kalorienzufuhr vom Vortag entschieden meist kurzfristig über Dauer und Umfang ihrer sportlichen Aktivitäten.

Martin saß mit einer Tasse Kaffee vor dem Computer und versuchte einen klaren Kopf zu bekommen. Eine dumpfe Wärmeglocke hatte in den vergangenen Stunden Besitz von ihrem Wohnzimmer ergriffen. Die Heizung war noch auf Sibirien justiert. Er drehte sie auf den richtigen Breitengrad zurück und öffnete das Fenster zur Straße hinaus. Augenblicklich strömte ein Schwall frischer, aber nicht mehr eiskalter Luft herein. In seinem Kopf rumorten noch Überreste einer unruhigen Nacht, angefüllt mit wenig Schlaf, aber vielen unzusammenhängenden Gedanken, die keinen Sinn ergeben wollten. Jedenfalls keinen eindeutig verwertbaren. Sein Frühstück hatte aus zwei Aspirin bestanden. Die Tasse Kaffee in seiner Hand war nur Dekoration.

Wonach er die halbe Nacht gesucht hatte, waren verwertbare Fakten.

Wonach du wirklich suchst, sagte eine klirrende Stimme in seinem Kopf, *ist eine Bestätigung, dass dein Aspirin-Verstand noch ganz bei Trost ist.*

Gegen Morgen war ihm dann Eines klar geworden, auf der langen Liste aller Ereignisse der letzten Tage, stand nichts, absolut nichts, das sich zweifelsfrei beweisen ließ. Selbst die ermittelnden Beamten der Staatsgewalt, stolperten von einer Vermutung in die andere. Viel mehr als die Tatsache, dass der technische Zustand des Rollstuhls, in dem „Chris" – *wir nannten ihn alle Chris*– zu Tode gefahren wurde, nicht ganz einwandfrei gewesen war, hatten sie nicht feststellen können. Zeugenaussagen verliefen im Sand, Hinweise und eine Unzahl von Verdächtigungen, erwiesen sich als unzutreffend. Ein zweiter Anruf bei Stefan Kleinschmidt, Verfasser des kurzen

Artikels im *Stadtanzeiger* und Besitzer gewisser Kontakte zu gewissen Behörden, ließ befürchten, dass die Staatsmacht mit dem Gedanken spielte, die Ermittlungen gegen Unbekannt erfolglos einzustellen. Einige Beamte gingen inzwischen sogar von der Möglichkeit aus, „Chris" selbst, oder einer seiner Freunde aus dem KOB-Laden, könnten unsachgemäß am Rollstuhl geschraubt und ihn dadurch zum Absturz gebracht haben. Menschen mit Alkoholproblemen kommen auf die seltsamsten Gedanken. Oder etwa nicht?

„Ob Chris Feinde hatte, wollen Sie wissen? Ist das ihr Ernst?

„Beantworten sie unsere Frage!"

„Nein, natürlich nicht, wo denken Sie hin? Chris war einer von den Guten. Er hat das Saufen schon lange aufgegeben."

Der Fahrer des WOOLWORTH- Lieferwagens, seit Jahrzehnten bei der Firma angestellt und nie strafrechtlich auffällig gewesen, war einfach nur der Fahrer eines Lieferwagens dem unglücklicherweise ein Rollstuhl samt Insasse vor die Motorhaube gerollt war. Er hatte einfach nur Pech gehabt, wenn auch nicht ganz so viel Pech wie der bedauernswerte „Chris" in seinem manipulierten Vehikel. Er hatte sein Pech mit dem Leben bezahlt.

Natürlich war auch der Lieferwagen einer eingehenden technischen Überprüfung unterzogen worden. Außer einem angefaulten Apfel im Handschuhfach war nichts gefunden worden.

Am hartnäckigsten hatten sich die Ermittler mit einer Person im tiefblauen Herrenmantel und abgegriffenen grauen Hut beschäftigt. Ihre Anwesenheit am Ort des Unfalls war von mehreren Zeugen bestätigt worden. Von Phillip Emmerich, dem Photographen, erfuhren sie Erstens, dass es sich bei der Person in Männerkleidung um eine Frau handelte, und Zweitens, dass die Lady sich mit einem großen Schein in ein Pressebild eingekauft hatte. Weder das Eine noch das Andere erfüllten die nötigen Voraussetzungen für eine strafbare Handlung. Auch diese Spur erkaltete rasch. Das bisschen Gesicht das auf dem Bild zu sehen war, taugte nicht einmal für einen ermittlungstechnisch einwandfreien Abgleich mit bestehenden bundesweiten Computerdateien.

Dass die Lady Geldstücke wie Fruchtbonbons verteilt, meinte ein inzwischen schmerzfreier Teil seines Verstandes, *ist wahrscheinlich auch nur ein Riesenspass und ermittlungstechnisch nicht von Bedeutung. Ich hätte da noch ein Papiertütchen anzubieten, überzogen mit tausend verwertbaren Fingerabdrücken. Vielleicht hat es Christos ja noch nicht entsorgt. Das Ein-Euro-Stück ist vermutlich längst in der Tasche einer rumänischen Beutelratte verschwunden. Tut mir echt leid, Sherlock Holmes.*

Einen Augenblick spielte er mit dem Gedanken, den zuständigen Ermittlungsbeamten die Lady-Parkhaus-Geldstück-Theorie näher zu bringen. Anruf genügt, sagten die Macher von *Verbrechen im Visier,* der Sendung für den ambitionierten Hobbyschnüffler, die einmal im Monat auf Kanal Zwei ausgestrahlt wurde. Einen Gedanken weiter stellte er fest, Gedanke Nummer Eins war einfach nur blöde Scheiße. Die Leute mit den dicken Knarren am Hosenbund waren ja nicht einmal sicher, ob überhaupt ein Verbrechen nach klassischem Muster vorlag.

Ein besonders hartnäckiger Teil seines Kopfes, weigerte sich nach wie vor, Aspirin als Schmerzkiller zu akzeptieren. In der Reihenfolge zweite Tablette, Kaffee mit doppeltem Koffeinanteil, kalte Kompresse, versuchte er den Lauf der Geschichte positiv zu beeinflussen.

Als Martina zwanzig Minuten später zur Tür herein kam, war er beinahe wieder der Alte. Er saß vor dem Computer und starrte auf einen Monitor ohne jede Aussagekraft.

Sie positionierte sich dicht hinter ihm und legte zwei verschwitze Arme um seinen Hals.

„Du hast doch einen Namen, versuch es mal damit!"

Es dauerte eine Weile, bis sein Verstand begriff, was sie meinte. „Du redest von dem Mann den alle Chris nannten, hab ich recht?"

„Ja, ich finde bei ihm fängt die Spur an. Auch wenn die Polizei davon ausgeht, dass er keine Feinde hatte, irgendjemand scheint ihn nicht besonders gemocht zu haben".

Der Mann, den alle wegen seiner Ähnlichkeit mit einem der bekanntesten deutschen Schauspieler nur Chris genannt hatten, hieß in Wirklichkeit Simon

Binter. Zum Zeitpunkt seines gewaltsamen Todes, war er sechsundvierzig Jahre alt gewesen. Er lebte in einem kleinen Ein-Zimmer-Appartement am westlichen Stadtrand, bezog eine Art Invalidenrente und verdiente sich als Aushilfskassenkraft im KOB-Laden hin und wieder ein paar Groschen dazu. Alles völlig legal.

Mehr an Informationen gab Stefan Kleinschmidt, Redakteur und Verfasser eines dreispaltigen Artikels über den Tod eines ehemaligen Trinkers, in seinem wöchentlichen Käseblatt nicht zum Besten.

Martin jagte den Namen durch diverse Internet-suchmaschinen. Als Suchbegriff allein, führte die Suche von einer Sackgasse in die andere. Auf Seite Eins fand er eine Kletterschule in Berchtesgaden, einen Schweinezuchtbetrieb im Sauerland und eine Privatklinik für Schönheitsoperationen in einem un-bekannten Kaff in Österreich. Die restlichen Seiten schenkte er sich.

Optimismus ist eine feine Sache, mein Freund, meinte eine sarkastische Stimme in seinem Kopf, *aber Wahnvorstellungen bleiben dir vielleicht ganz böse im Hals stecken.*

Die eingeschränkte Suche im Großraum München, führte ebenfalls zu keinem brauchbaren Ergebnis. Gleiches galt für alle anderen regionalen Einschränkungen. Je enger er die Schlinge zog, umso weniger Informationen bekam er. Als er schlussendlich online im KOB landete, stellte er die namentliche Suche ein.

Fündig wurde er schließlich durch einen jener dummen Zufälle, die der *Alles-ist-vorherbestimmt-Theorie*, die Glaubwürdigkeit absprechen. Eingeloggt in das Stadtarchiv, Abteilung: Grundstücke im Privatbesitz, Freigabe zur gewerblichen Nutzung, Jahrgang 1980 (das Geburtsjahr von Simon Binter, den alle nur Chris genannt hatten), stieß er auf die erste heiße Spur. Sein Aspirin-Verstand schmetterte eine Jubelarie in Kreisch-Moll. 1980 war, laut Auszug aus dem Katasteramt, ein Grundstück aus privater Hand in städtischen Besitz übergegangen. Der Name der verkaufenden Partei wurde mit Familie Siegfried und Hildegard Pommert angegeben. Eine Verkaufssumme wurde nicht genannt. Familie Pommert war seit den Nachkriegsjahren im Besitz des Grundstücks gewesen, und hatte dort eine gutgehende Druckerei mit circa dreißig Angestellten betrieben. Herr Pommert war lange Jahre Mitglied im Stadtrat gewesen, seine Frau Hildegard, zweiundzwanzig Jahre jünger als ihr Mann, aktives und spendenfreudiges Gründungsmitglied diverser gemeinnütziger Institutionen.

Auf den ersten Blick war an dieser Transaktion nichts Auffälliges. Eine von vielen in den wilden Achtzigern. Grundstücke wurden schon immer gehandelt, waren begehrt, oder auch nicht, brachten Fluch oder Segen, ruinierten den Einen und machten den Anderen zu einem reichen Mann. Was Martin in den Verkaufsunterlagen sofort auffiel, war etwas anderes, etwas das bis zu dem toten Rollstuhlfahrer vor seiner Haustür führte.

Der Geburtsname von Hildegard Pommert war *Binter*, Hildegard *Binter*.

Ein Sprung in das Einwohnermeldeamt der Stadt ergab, Familie Pommert hatte im Jahr 1980 einen Sohn namens Simon registrieren lassen, um ihn bereits fünf Monate später wieder abzumelden.

Die Stadt hatte das erworbene Grundstück zunächst (auf Wunsch einiger einflussreicher Mitbürger) in einen öffentlichen Park verwandelt. Man hatte Bäume gepflanzt, Bänke aufgestellt und die Bronzebüste eines stadtbekannten, aber längst verstorbenen Humoristen eingefügt. Nach dem Jahrtausendwechsel, als die Parkplatzprobleme in der Innenstadt immer offensichtlicher und die Proteste der Geschäftsleute immer lauter wurden, hatte man, natürlich nach einem ordentlichen Baufeststellungsverfahren, den Park eingeebnet und ein Parkhaus aus Fertigbetonteilen hingestellt.

Den Rest des Tages tanzte er durch eine rauschende Aspirin-Party!

Die schwarze Schiefertafel neben der Eingangstür, war so geschickt platziert, dass sie jedem der vorbei kam sofort auffallen musste. In sauberer klarer Handschrift, schnörkellos und perfekt horizontal ausgerichtet, stand darauf zu lesen: *Das Leben ist zu kurz für Knäckebrot.* Durch eine Glasschiebe fiel der Blick auf eine lange Kuchen- und Pralinentheke, bestens bestückt und sorgfältig in Form gebracht. Kunden der Konditorei „**Naschkatze**", gönnten sich hin und wieder etwas Besonderes.

Die Frau in der tiefblauen Windjacke und den weiten Männerhosen, ging in den unzähligen Menschen, die durch die Altstadtgalerien in die Innenstadt strömten, völlig unter. Der verkaufsoffene Sonntagnachmittag spülte wie immer Neugierige, Spaziergänger, Schnäppchenjäger oder einfach nur Vergnügungssüchte in die Stadt, die meist ohne festes Ziel die Domstraße für ein paar Stunden, in einen summenden Bienenkorb verwandelten. Die Frau zog das rostrote Barrett auf ihrem Kopf, noch eine Spur tiefer über die linke Gesichtshälfte. Sie blieb einen kurzen Augenblick vor der „**Naschkatze**" stehen, warf einen flüchtigen Blick auf die Schiefertafel und ging rasch weiter. Ihre schlanke Figur verriet eine gewisse notorische Abneigung gegenüber kalorienreicher Ernährungsformen.

Kurze Zeit später erreichte sie die Stelle, an der vor Wochenfrist ein Mann, den alle „Chris" genannt hatten, zu Tode gekommen war. Der feine stundenlange Regen der vergangenen Tage, der in weiter östlich gelegenen Landesteilen reihenweise schwere Unfälle durch plötzlich einsetzende Straßenglätte verursacht hatte, hatte die Kreidemarkierungen und die gezackte Blutspur auf dem dunklen Asphalt längst weggewaschen. An der nächsten Ecke, nur einige Schritte entfernt, bildete sich eine kleine Menschengruppe. Zwischen einem überquellenden Papierkorb und einem mobilen Parkverbotsschild, legten Einige brennende Kerzen und einen Strauß bunter Feldblumen ab. Ein hochgewachsener Mann mit ungepflegten schulterlangen Haaren, murmelte ein Gebet. Es klang als würde er ein ungeliebtes Schicksal verdammen.

Die Frau in der tiefblauen Windjacke gesellte sich zu ihnen, zog eine glänzend polierte Ein-Euro-Münze aus der Hosentasche und legte sie mitten unter die brennenden Kerzen. Der hochgewachsene Mann warf ihr einen erstaunten Blick zu. „Davon wird er auch nicht wieder lebendig", sagte er mit giftiger Stimme. „Haben sie ihn gekannt?"

Eine Weile musterte sie schweigend das Kerzen-Blumen-Münze-Arrangement, als müsse sich es sich für alle Zeit tief ins Gedächtnis eingraben. *Sie nimmt Abschied*, dachte der Hochgewachsene, *sie hat Chris gekannt!*

Dann wandte sich die Frau wortlos ab und

verschwand in der träge dahinfließenden Menschenmenge. Aus der kleinen Passage vor Nummer Fünfzig, auf der gegenüberliegenden Straßenseite, löste sich ein Mann in dunkler Kleidung und folgte ihr. Sie ging sehr langsam, schien sich jedes Detail einzuprägen, wie ein Bankräuber der seinen Fluchtweg auskundschaftet, ehe er zur eigentlichen Tat schreitet. Ein Stück weiter, blieb sie minutenlang vor den Immobilienangeboten der Stadtsparkasse stehen. Schließlich setzte sie ihren Weg fort. Der Mann in dunkler Kleidung verringerte den Abstand und holte stetig auf. Er befand sich dicht hinter ihr, als sie fast zeitgleich eine fahrbare Backstation erreichten, wo frische Krapfen und Rohrnudeln in siedend heißem Fett schwammen.

Martin Linnemann zog ein glänzend poliertes Geldstück aus der Hosentasche. Er hielt es, für die Frau deutlich sichtbar, mit spitzen Fingern hoch, und drehte es mehrmals um die eigene Achse.

„Sie haben mir zu viel zurück bezahlt", sagte er unsicher. „das kann ich nicht zulassen."

Sie zuckte weder zusammen wie eine ertappte Ehebrecherin, noch schien sie auf eine andere Art und Weise in irgendeiner Form überrascht zu sein. Als sie ihm ihr Gesicht zudrehte, stand ein sanftes Lächeln auf ihren Lippen. Ihre Augen glitzerten tiefblau.

„Ich habe sie erwartet, Martin. Sie wussten ich würde heute hierher kommen." Ihre Stimme klang fest und unaufgeregt, wie damals, als sie ihn nach Kleingeld gefragt hatte. Er hatte die Szene vor den Kassenautomaten in den vergangenen Wochen immer und immer wieder in seinem Kopf abgespult.

„Ich habe es gehofft", antwortete er glaubwürdig, „die Geschichte muss ein Ende haben. Heute!" Er ließ das Geldstück wieder in die Hosentasche gleiten. „In der nächsten Gasse ist ein Cafe, ein Insider-Cafe, um genau zu sein. Sind sie einverstanden?" Sie nickte wortlos.

Sie erreichten das beinahe menschenleere Cafe innerhalb weniger Minuten. An einem Ecktisch, links von der Theke, saß ein Bankertyp, tief in eine Sonntagszeitung vertieft. Sie wählten einen Tisch auf der anderen Seite der Theke, und orderten bei einer Kellnerin in Sonntagslaune zwei große Kaffee. Das Stimmengewirr der überfüllten Innenstadt war kaum noch zu hören. Die einzigen wahrnehmbaren Geräusche waren das Zischen der Kaffemaschine hinter der Theke und das Rascheln von Papier, wenn der Banker in unregelmäßigen Abständen eine neue Seite aufschlug. Der Kaffee war gut und heiß und wurde in Tassen mit ergonomisch angepassten Griffen serviert.

„Verraten sie mir ihren Namen?", durchbrach Martin das sekundenlange Schweigen zwischen ihnen. „Ich meine, Sie wissen genau wer ich bin. Ich hingegen rede mit einem…. Phantom".

„Sie haben recht, Martin", antwortete sie mit einer Stimme in der eine deutliche Spur aufkommender Verzweiflung lag. „Mein Name ist Susanne Binter, Simon war mein Halbbruder."

Sie zog das rostrote Barett vom Kopf und legte es vorsichtig auf am Rand des Tisches ab. Ihr Haar war von rotbrauner Färbung und männlich kurz geschnitten. Ihr Gesicht war immer noch schmal, nicht eingefallen, wie er vor Wochen gedacht hatte. Ihre Finger hielten die Kaffeetasse fest umklammert. Die Knöchel ihrer Hände schimmerten weiß, beinahe durchsichtig, so intensiv wie damals, dachte er, als ihre Hände einen Geldschein umklammert hielten, den ein blöder Kassenautomat nicht als Zahlungsmittel akzeptieren wollte.

„Ihr…Halbbruder?"

„Ja, wir haben uns nie vollständig aus den Augen verloren. Seit damals". Was genau sie mit *„seit damals"* meinte blieb offen. Sie versank für einige Augenblicke in ihrer Vergangenheit, zu der er keinen Zugang hatte. „Seit feststand, dass er den Rest seines Lebens im Rollstuhl verbringen würde, durfte er nicht mehr mit seiner Familie leben."

Martin rief die Kellnerin zu sich und bestellte zwei weitere Tassen Kaffee. „Sie können sich denken, Susanne, dass ich ein wenig recherchiert habe".

Sie rührte in der neuen Tasse Kaffee. „Natürlich, was haben sie herausgefunden?"

„Nun ja", sagte Martin vorsichtig, „ich habe Familie Pommert, Siegfried und Hildegard Pommert ausfindig gemacht.…

„Sie ist meine Mutter", unterbrach ihn Susanne Binter, „aber Siegfried Pommert ist nicht mein Vater."

„Ab dem Jahr 1980 sind im Stadtarchiv keine weiteren Aufzeichnungen über die Familie Pommert zu finden. Was ist damals passiert, Susanne?"

„Sie sind weggezogen, in eine Stadt nahe der französischen Grenze. Ein halbes Jahr später wurden sie geschieden. Ein weiteres Jahr später heiratete meine Mutter meinen leiblichen Vater. Er ist praktischer Arzt, seit zwei Jahren im Ruhestand. Ich liebe in sehr." Es klang, als hätte sie vor laufenden Fernsehkameras einem Millionenpublikum ein intimes Geheimnis verraten. Leise, bedeckt, fast ein wenig beschämt.

„Und Simon, was geschah mit Simon?"

Es kostete ihr sichtlich Kraft, wieder in eine Vergangenheit einzutauchen, die Jahrzehnte zurück lag. „Ich war damals noch nicht geboren, aber meine Mutter hat mir viel darüber erzählt". Sie atmete mehrmals in tiefen Zügen, als müsste sie den Geruch tief verschütteter Erinnerungen aufnehmen. „Simons Vater, Siegfried Pommert war zeitlebens ein Mann mit einem starren Weltbild. Er hatte seine Jugend mit den abscheulichen nationalsozialistischen Idealvorstellungen seiner Eltern verbracht. Bis er einer von Ihnen war, bis er an all das glaubte, was dem Wahnsinn der damaligen Zeit zum

Durchbruch verhalf. Als das dritte Reich zusammenbrach, war er noch zu jung um zur Rechenschaft gezogen zu werden. Aber seine Überzeugung blieb".

„Ich verstehe", sagte Martin, „leider war er nur Einer von vielen."

„Es gibt sie noch immer", sagte Susanne Binter mit bitterer Stimme, „aber sie werden weniger". Sie wartete ein paar Augenblicke, bis der Banker aus der Ecke den Weg zur Toilette gefunden hatte. „Simon war schon bei seiner Geburt ein….meine Mutter beschrieb ihn als ein *schwächliches Kind*. Tatsächlich aber war er schwerst behindert. Die Ärzte meinten er würde nie laufen lernen und für den Rest seines Lebens an einen Rollstuhl gefesselt sein. Siegried Pommert betitelte seinen Sohn als minderwertig, als der Rasse, die er so liebte, nicht zumutbar. Er lehnte ihn aus tiefsten Herzen ab, seit er ihn zum ersten Mal auf dem Arm seiner Frau zu Gesicht bekommen hatte. *Das ist nicht mein Sohn*, flüsterte er ihr noch im Kindsbett zu, *schaff ihn mir aus den Augen*. Für meine Mutter brach eine Welt zusammen."

„Ist sie je darüber hinweg gekommen", fragte Martin

vorsichtig.

Susanne Binter nickte. „Heute geht es ihr gut, sie ist eine starke Frau. Aber damals wäre sie beinahe daran zerbrochen."

Der Banker kam zurück. Er legte einen Geldschein auf den Tresen, steckte das Wechselgeld ein, merkte plötzlich, dass er beobachtet wurde und sagte lachend: „Donald versaut mir die Aktienkurse. Dieser Trump ist wirklich eines seltenes Arschloch."

Sie lächelten beide pflichtbewusst. Der Banker eilte winkend hinaus.

„Es tut mir leid, Susanne", sagte Martin immer noch ein wenig lächelnd, „ich hoffte wir wären hier ungestört."

„Jetzt sind wir es", antwortete sie, „und der Rest ist schnell erzählt. Ich fahre in einer Stunde."

Das Knistern von Papier drang zu ihnen herüber. Die Kellnerin in Sonntagslaune zerlegte drüben am Bankertisch die liegengelassene Sonntagszeitung in ihre Einzelteile.

Susanne Binter warf einen langen Blick auf die schmale Gasse hinaus. „Den Rest können Sie sich fast denken", setzte sie nachdenklich fort, „Pommert machte seine Drohung natürlich wahr. Freunde aus alten Zeiten sorgten dafür, dass Simon in einer…sie nannten es Auffangstation…untergebracht wurde. Meine Mutter sah ihren Sohn nie wieder. Kurz danach wurde ihre Ehe geschieden. Pommert starb vor circa zehn Jahren, reich, ehrbar, zerfressen vom Krebs für den es keine Auffangstation gab."

Martin sah keine Trauer in ihren tiefblauen Augen. Auch keine Erleichterung, für die er ehrliches Verständnis gehabt hätte. Ihr sekundenlanges Schweigen war eine kleines nachdenkliches zu Atem kommen. Nicht mehr!

„Wir fanden Simon vor etwa fünfzehn Jahren wieder, hier in seiner Heimatstadt. Ich nahm Kontakt zu ihm auf. Er war ein verbitterter Mann geworden, und er trank. Langsam begann er mich als seine Halbschwester zu akzeptieren, aber unsere Mutter wollte er nie wieder sehen."

„Kann ich…..", *verstehen*, wollte Martin aufgewühlt sagen. Aber er schwieg, plötzlich nicht mehr sicher, ob er wirklich verstand.

„Als ich ihn vor ein paar Wochen hier besuchte, teilte er mir mit, dass seine Chancen auf unter zwanzig Prozent gesunken waren. *Meine Knochen sind so dünn wie Packpapier*, sagte er wörtlich, *ich werde irgendwann aus diesem Rollstuhl kippen und in tausend Stücke zerspringen.* Er wollte sterben, ich bin ganz sicher."

„Sein Tod war also kein....kein Mord", sagte Martin, wie von einer Last befreit.

Susanne Binter schüttelte den Kopf. „Nein, Mord war es sicher keiner, aber ich glaube, Simon hat seinen Tod arrangiert."

Eine gemischte Schar junger Leute trottete durch die Eingangstür und verteilte sich über den großen Ecktisch in ihrer unmittelbaren Nähe. Martin bat um die Rechnung, kümmerte sich nicht um den offen zur Schau gestellten Inhalt einer Kellnerinnenbluse und schob Susanne vorsichtig auf die schmale Gasse hinaus. An der Einmündung zur Domstraße bogen sie links ab, überquerten den Platz wo ihr Halbbruder ums Leben gekommen war (sie zeigte nicht die kleinste Reaktion), und kämpften sich durch die Menschenmassen in den Altstadtgalerien. Ihr Ziel war leicht zu erraten: Das Parkhaus gegenüber der Feuerwehrwache, vor Wochen der Ort, an dem sie sich zum ersten Mal begegnet waren. Vor den Kassenautomaten im Eingangsbereich blieb sie stehen, kramte ihre Geldbörse hervor und sagte: „Sie werden mir wieder helfen müssen, Martin."

„Noch so ein Zufall, nicht wahr? Genau wie damals."

„Mag sein", sagte sie wenig überzeugend, „aber sicher bin ich mir nicht." Nach kurzer Suche fand sie die Parkkarte in ihrer Geldbörse, steckte sie aber nicht in den Automatenschlitz. „Eine Antwort bin ich ihnen vielleicht noch schuldig. Ich habe sie mit Hilfe der Euro-Münzen immer wieder ins Spiel geholt, weil sie in dieser Stadt der Einzige sind, der mir, ohne etwas von mir zu wissen und ohne nach einer Gegenleistung zu fragen, geholfen hat. Einfach so. Sie waren der einzige Freund den ich hier hatte."

„Gern geschehen, Susanne Binter, hier haben sie ihren Euro zurück." Er ließ die Münze in ihre offene Handfläche fallen. „Darf ich ihnen noch eine letzte Frage stellen?"

Er sah ihren skeptischen Blick und setzte hinzu: „Eine harmlose Frage, keine Angst."

Sie nickte wortlos.

„Die Männerklamotten, warum tragen sie diese grässlichen Männerklamotten?"

„Und sowas nennen sie eine harmlose Frage", sie lächelte fast ein wenig schüchtern, „aber vielleicht haben sie ja recht." Sie suchte wieder den Zugang in ihre Vergangenheit, zog mit einem hastigen Ruck das Barrett von ihrem Kopf und steckte es in die Seitentasche der tiefblauen Windjacke. „Vielleicht habe ich viel zu lange versucht, meiner Mutter den Sohn zu ersetzen, den sie immer haben wollte. Leben sie wohl, Martin Linnemann."

Stefan Kleinschmidt rief am Montag an, kurz vor Achtzehn Uhr. Die Geräusche im Hintergrund ließen darauf schließen, dass er in einer Bar saß. Gläser klirrten, etwas entfernt das Lachen einer Frau, herausfordernd und abenteuerlustig.

„Martin, alter Junge", er wirkte angetrunken, „meine Kontakte melden einen Volltreffer, sind sie noch interessiert?"

„Natürlich, alter Junge", zahlte Martin mit gleicher Münze zurück, „schießen sie los."

„Sie haben die Frau auf dem Pressefoto identifiziert. Die sich mit dem großen Schein dort eingekauft hat. Sie wissen wen ich……?

Stefan Kleinschmidt bestellte sich einen neuen Drink. „Sie hatte sich unter dem Namen Susanne Binter im Marriott eingetragen. Die Leute aus dem KOB sagen, sie hätte sich als die Halbschwester von Chris vorgestellt. Und wissen sie was, Stefan, meine Kontakte sagen, da stimmt was nicht."

„Was sie nicht sagen. Geht´s etwas genauer?"

„Hildegard Binter und ihre dreijährige Tochter Susanne, sind im Frühjahr Neunzehnhundertdreiundachtzig bei einem Verkehrsunfall ums Leben gekommen."

- E N D E -

POLTERGEIST

Der Ruf aus der Zentrale kam unerwartet. Polizeiwachmeister Paul Storm und sein Kollege Sven Posch fuhren eben die steil ansteigende Straße zum städtischen Brauhaus hinauf, bogen rechts in Richtung Einkaufscenter ab und tauschten überrascht einen fragenden Blick aus.

„Paul" sagte eine männliche Stimme völlig unvorschriftsmäßig, „fahr zum Kindergarten. Es hat Schwierigkeiten gegeben."

„Verstanden", antwortete Paul Storm müde, „danke Albert."

Er unterbrach die Verbindung, wandte sich seinem Kollegen hinter dem Steuer des Streifenwagens zu und sagte: „Tut mir leid, Sven, scheint als ob Marie meine Hilfe braucht."

Sven Posch lächelte undurchsichtig. Obwohl sie beide jetzt mehr als zwei Jahre zusammen Streife fuhren, mochte Paul dieses Lächeln immer noch nicht. Es hatte etwas Sorgloses, etwas Verborgenes an sich, das zwei Jahre nicht zu Vorschein gekommen war, und Paul war sicher, genau das bereitete seinem Kollegen eine Art tiefe, sinnliche Freude.

„Kein Beinbruch, Kollege", antwortete Sven immer noch lächelnd, „die bösen Jungs laufen uns nicht davon."

Paul mochte auch nicht die gedehnte Art und Weise wie Sven *„Kolleeege"* sagte. Es hörte sich an als würde er Pflicht über Freundschaft stellen, und genau das tat er in diesem Moment vermutlich auch. Manchmal war Sven ein kleines karrieregeiles Miniaturarschloch. Beide Männer wussten, der Ruf aus der Zentrale war keine Einsatzorder gewesen. Die *Schwierigkeiten im Kindergarten*, wie Albert sich ausgedrückt hatte, waren nicht von den bösen Jungs der Straße verursacht worden. Die lagen um diese Zeit noch mit einer Zufallsbekanntschaft, oder einem monströsen Brummschädel im Bett.

Die Frau von Polizeiwachmeister Paul Storm, steckte nicht zu ersten Mal in Schwierigkeiten. Marie Storm brauchte Hilfe, weil irgendetwas an diesem Morgen ausgesprochen schlecht für sie gelaufen war. Beide Männer wussten auch das. Schon beim Frühstück, waren Paul winzige Abweichungen im

Verhalten seiner Frau aufgefallen. Das ständige Drehen der halbvollen Kaffeetasse, die verlorenen Blicke über die Blumenbeete im Vorgarten oder die nachlässige Art und Weise wie sie seine Uniform abbürstete. Er hatte die winzigen Anzeichen übergangen, weil er sie sich übergangen wünschte. Dafür bekam er jetzt die Rechnung präsentiert.

Paul, fahr zum Kindergarten. Es hat Schwierigkeiten gegeben.

Die Fahrt zum Kindergarten verlief nahezu schweigend. Er lag etwas versteckt hinter einer mannshohen Steinmauer, unmittelbar neben dem städtischen Gymnasium, zwei Querstraßen und eine scharfe Rechtskurve vom Stadtzentrum entfernt. Sie parkten auf der Rückseite des Gebäudes, in einer schmalen, gepflasterten Seitengasse, gegenüber einer Reihe niedriger, einstöckiger Häuser, bemalt in teilweise schreiend grellen Farben. Paul Storm hoffte, dort weniger Aufmerksamkeit zu erregen. Niemand war interessiert an aufgemachten Schlagzeilen. Weder zwei Polizisten in verdeckter privater Mission, die einen etwas missbräuchlichen (grellen) Anstrich hatte, noch Marie Storm, die

Ehefrau eines der beiden Männer, und auch nicht die Leiterin des Kindergartens, die bereits am Hintereingang auf sie wartete.

Nora Braun, Mitte Vierzig, hochgestecktes dunkles Haar, schwarzer Hosenanzug (von der Stange), wirkte sichtlich besorgt, aber nicht ratlos. Paul sah, dass der oberste Knopf ihrer weißen Bluse offen stand, ein untrügliches Zeichen für körperliche Anstrengung. Weiter unten, in Hüfthöhe, war ein Teil ihrer Bluse war aus dem Hosenbund gerutscht und baumelte bei jeder Drehung hin und her wie ein vergessenes Preisschild. Ihr sonst so sorgfältig aufgetragenes Make-up hatte deutlich sichtbar Schaden genommen. Der Handschlag, mit dem sie beide Männer begrüßte, wirkte fahrig und pflichtbewusst.

„Du musst etwas tun, Paul", sagte sie entschlossen, während sie die Eisenpforte hinter den beiden Männern schloss, „diesmal hätte sich beinahe eines unserer Kinder verletzt." Ihr starrer Blick war Pflichtbewusstsein pur. Als Leiterin des Kindergartens, trug sie für jeden blauen Fleck den die Kinder sich gegenseitig ins Gesicht prügelten, für jedes verstauchte Gelenk und jedes schlimme Wort das sie im Kindergarten lernten, die persönliche Verantwortung. Eine Erzieherin mit gelegentlichen Aussetzern wie Marie Storm, passte nicht in ihr sorgfältig gepflegtes Weltbild.

„Was ist passiert?", fragte Paul sachlich.

„Die Kanne mit dem heißen Kakao war nicht richtig geschlossen", antwortete Nora Braun, „Marie war heute dafür verantwortlich. Eines der Kinder hätte sich beinahe schlimm verbrannt."

„Verstehe." Paul warf einen Blick über die spielende Schar, als müsste er sich persönlich von ihrer Unversehrtheit überzeugen. Sarah, eine Kollegin seiner Frau, nickte ihm flüchtig zu. „Ist Marie draußen…?"

„Auf der Treppe am Ende der Terrasse", unterbrach ihn Nora sichtlich aufgewühlt.

Paul wandte sich an Sven Posch, zog ihn etwas zur Seite und sagte: „Gib mir fünf Minuten, ich möchte allein mit ihr sprechen. Okay?"

„Natürlich", stimmte Sven zu, „lass dir Zeit."

Marie Storm saß, leicht vorne über gebeugt, auf der obersten Stufe einer kurzen Steintreppe, die hinunter in einen weitläufigen Garten führte. Am Ende der Treppe, lief ein gepflasterter Weg zu einem Sandkasten, übersät mit buntem Plastikspielzeug. Rechts hinten in der Ecke stand ein rotes, viersitziges Karussell, eine Rutsche mit polierter Gleitbahn und eine Doppelschaukel auf gespreizten Metallbeinen. Ein mannshoher Drahtzaun, hinter einer Reihe bunter, ungleichmäßig hoher Büsche, trennte den Garten vom fast menschenleeren Sportplatz des städtischen Gymnasiums. Klassische Musik drang aus einem der offenen Fenster im ersten Stock des Schulgebäudes. Ein älterer Mann in einem tiefgrünen, schmutzigen Overall, stopfte Abfall und die ersten farbigen Blätter des Jahres in einen blauen Müllsack.

Paul beobachtete seine Frau eine Weile und dachte an die zurückliegenden zwei Jahre. Es waren keine wirklich guten Jahre gewesen, Jahre an die man sich später gerne erinnert. Marie hatte auch in dieser Stadt nicht zur Ruhe gefunden, wie in so vielen Städten davor. Mehr als zehn Jahre hatten sie gemeinsam ein Zigeunerleben geführt, waren von einer Stadt in die andere gezogen, immer auf der

Suche nach dauerhafter Ruhe für Marie und einen Posten mit greifbaren Zukunftsaussichten für Paul. Simon, ihr neunzehnjähriger Sohn, war am besten mit der ständig wechselnden Situation, den vielen Schulen und abrupt endenden Freundschaften zurechtgekommen. Er studierte inzwischen mit Erfolg Kommunikationswissenschaften an der Universität München.

Vor zehn Jahren, als Marie begann sich spürbar zu verändern, lebten sie in einer Kleinstadt wie dieser, eine Autostunde östlich der Landeshauptstadt. Marie war in der Nähe aufgewachsen, arbeitete zu dieser Zeit an einer Sonderschule für lernschwache Kinder und führte ein aufgeräumtes Leben. Freunde, Bekannte, Kollegen wären nie im Traum auf die Idee gekommen, dass Marie ihr Leben verabscheute. Mehr noch, dass sie es unerträglich fand.

„Wir müssen hier weg", sagte sie eines Abends ruhig und gelassen, „wir sind hier nicht mehr sicher."

Paul nahm zunächst an, ihre Worte würden sich auf einen Vorfall beziehen, der ein paar Tage zuvor für Gesprächsstoff gesorgt hatte. Er und einige Kollegen waren in eine ziemlich üble Bierzeltschlägerei geraten. Es ging hart zur Sache, und endete mit wüsten Beschimpfungen und handfesten Drohungen. „Meinst du die Sache draußen auf der Festwiese?"

Marie schüttelte den Kopf. Sie setzte sich neben ihn und nahm seine Hand. „Nein, das ist es nicht", sagte sie deutlich angespannt. „Ich meine, du und Simon habt nichts zu befürchten. Ich bin es, ich bin hier nicht mehr sicher."

Er spürte ihre kalten Hände. „Was willst du damit sagen? Bist du bedroht worden, hat man dich angegriffen? Was ist geschehen?"

Wieder schüttelte seine Frau den Kopf. „Nichts ist geschehen, aber ich weiß, dass es geschehen wird. Etwas verfolgt mich."

Am Ende der ersten, von vielen weiteren schlaflosen Nächten, wurde Paul klar, welche Veränderung Marie durchmachte. Über Wochen hinweg hatte sich seine Frau in ein verängstigtes Wesen ohne realistische Wahrnehmung verwandelt. Und er, Polizeiwachmeister Paul Storm, bestens geschult und ausgebildet, hatte nichts davon bemerkt.

Noch im gleichen Jahr gab er Maries immer

panischer werdenden Forderungen nach, beantragte seine Versetzung in eine andere Stadt, nahe der hessischen Grenze, und hoffte alles würde dadurch besser werden. Zumindest einfacher. Erträglicher.

Aber Marie fühlte sich auch in dieser Stadt nicht sicher.

Und nicht in der Nächsten. Und der Übernächsten.

Also schrieb Paul weiter Versetzungsgesuche, organisierte Möbelwägen und verabschiedete sich von Kollegen, die er nie richtig kennengelernt hatte.

Die plötzliche Stille über dem Garten, brachte ihn zurück in die Realität. Das klassische Stück, hinter dem offenen Gymnasiumfenster, endete in einem infernalischen Paukenwirbel. Der alte Mann im tiefgrünen Overall, legte den blauen Müllsack zur Seite und spendete Beifall, als könne er eine Zugabe erzwingen. Einen Moment blieb er regungslos stehen, tief ergriffen von dem was er eben gehört hatte. Als die Musik nicht wieder einsetzte, warf er den Müllsack über seine rechte Schulter und verschwand eilig hinter der nächsten Hausecke.

Marie saß noch immer regungslos auf der obersten Treppenstufe und starrte teilnahmslos in den Garten hinaus. Der Platz neben ihr war kalt. Als er sich setzte, rückte sie ein wenig von ihm ab, instinktiv wie es schien, aber Paul war sich dessen nicht sicher. Marie tat viele Dinge instinktiv, in letzter Zeit. Zum Beispiel eine Kanne heißen Kakao nicht richtig verschließen, oder ein scharfes Bastelmesser unbeaufsichtigt herumliegen lassen, wie vor ein paar Monaten. Oder von ihm abrücken, wie eben.

„Albert aus der Zentrale meint, es hat Schwierigkeiten gegeben. Er hat uns angefunkt, Sven und mich. Wir haben oben in der schmalen Gasse geparkt." Er hörte was er sagte und drehte ärgerlich den Kopf zur Seite. Wo sie geparkt hatten, war vermutlich eine der vielen weltbewegenden Information, die seine Frau in diesem Augenblick besonders interessierte. Wenn nicht das, was sonst? Ganz toll gemacht, lobte ihn ein sarkastischer Gedanke, das hast du wirklich ganz fein hingekriegt. „Nora meint, ich sollte mal mit dir reden."

Sie hob etwas den Kopf, instinktiv, wie Paul erneut fand, starrte aber weiterhin in den Garten hinaus. „Und was denkst du, Paul?", fragte sie leise. „Ich meine, wie oft haben wir schon geredet, manchmal nächtelang, immer und immer wieder? Wie oft, Paul?"

„Vielleicht einmal zu wenig", sagte er ausweichend, „lass es uns versuchen, hörst du." Wie so oft nahm er eine kalte Hand, lang, schmal, gepflegt und kraftlos.

Paul wartete auf eine weitere instinktive Reaktion seiner Frau, irgendetwas Unerwartetes wie einen spitzen Schrei, oder eine schallende Ohrfeige. Aber noch während er darüber nachdachte, wurde ihm klar, dass Marie seltsam ruhig wirkte, beinahe gelassen, als hätte sie eine wichtige Entscheidung getroffen. So hatte sie auch vor einigen Wochen auf ihn gewirkt, als sie plötzlich mit kurzgeschnittenen rotbraunen Haaren nach Hause gekommen war. Selbstsicher, wie er sie lange nicht erlebt hatte. Die Frisur stand ihr ausgezeichnet, auch wenn sie völlig verändert wirkte. Auch etwas jünger. Marie war knapp über Vierzig, schlank, mittelgroß und wusste sich zu bewegen. Manchmal schwebte sie, selbst wenn sie Filzpantoffeln und ausgewaschene Jogginghosen trug. Andererseits war sie die schlechteste Tänzerin die man sich vorstellen konnte. Sie war eine Frau die instinktiv handelte. Instinktives Tanzen überforderte jeden Partner, und jeden durchtrainierten Ehemann im Polizeidienst.

An diesem frühen Vormittag trug sie Jeans und einen grauen Pullover, farblich aufgewertet durch ein buntes Halstuch und eine Armbanduhr mit weißem Plastikarmband. Im Gegensatz zu Nora Braun, Leiterin des Kindergartens, verzichtete Marie auf beinahe jede Art kosmetischer Untermalung. Farbloser Nagellack, ein Hauch Jill Sander Sport, dezent verteilt, mehr war nicht nötig. Marie war eine Frau, Nora Braun ein farbenfrohes Mosaik.

„Einverstanden", stimmte Marie nach einer Pause zu, „lass uns reden. Wir holen Simon dazu, am besten am Wochenende. Ich glaube er ist ziemlich beschäftigt. Ruf ihn an, okay?"

„Ja, okay", sagte Paul überrascht, „aber warum Simon?"

„Weil ich es so möchte". Ihre Stimme war nicht fest, sie war unnachgiebig. Sie klirrte.

Nora Braun hatte Sven Posch auf eine Tasse Kaffee, in ihr schmuckloses Büro gebeten. Durch die offene Tür konnten sie dem lärmenden Spiel der Kinder folgen. Weder Nora, überzeugte Verfechterin einer männerlosen, aber nicht männerfeindlichen Lebensform, noch Sven, Traumtänzer und Herzensbrecher wie sein großes Vorbild Keith Richards, hatten eigene Kinder. Sven, noch keine Dreißig, gedachte dies eines Tages zu ändern. Nora ihrerseits, war wenig geneigt, den schwarzen Hosenanzug für einen Typen wie Keith oder einem anderen Herzensbrecher abzulegen. Sie maß Sven mit einem Blick, der ihn durchschüttelte wie den unschuldig verprügelten Stoffhund seiner bescheuerten Cousine Alexandra. Durch ein schmales Fenster auf der Südseite, konnte er Marie und seinen Kollegen Paul, auf der obersten Stufe einer kurzen Treppe sitzen sehen, vertieft, so vermutete er, in ein Gespräch das niemand mit anhören sollte. Er stellte sich dem Blick von Nora Braun und sagte: „Marie ist eine tolle Frau, auch wenn Sie offensichtlich anderer Meinung sind, Frau Braun.“

„Offensichtlich?“ Nora Braun schraubte die Intensität ihres Blickes auf Super GAU Niveau. „Was meinen Sie mit offensichtlich, Herr Posch?“

Sven Posch deutete durch das Fenster auf die Terrasse hinaus. „Offensichtlich heißt, Sie liefern wegen einer halboffenen Kakaokanne einen Aufstand als würde man ihren schnuckeligen Kindergarten mit panzerbrechenden Waffen angreifen. Sie stellen eine Frau, der ein kleiner Fehler unterlaufen ist, auf das Niveau einer Topterroristin, schreien nach der Polizei, fordern Sanktionen und haben in diesem Augenblick eine Scheißangst um ihren putzigen kleinen Job."

Nora Braun explodierte wie ein Feuerwerkskörper. Sie schnellte auf die Beine, beugte sich über den Schreibtisch und warf den Kopf in den Nacken. Dunkle, verklebte Haarsträhnen fielen über ihr linkes Auge. Eine dicke Ader unter weißer Haut verunstaltete ihren Hals. Ein weiterer Knopf der weißen Bluse platzte auf. Das winzige Stück eines cremefarbenen Büstenhalters wurde für einen Moment sichtbar.

Ihre Stimme klang verzerrt.

„Was Sie als putzigen kleinen Job bezeichnen, ist in Wirklichkeit Berufung, Aufgabe, Erfüllung, wenn Sie so wollen. Ein kleiner Fehler, wie Sie es ausdrücken, kann fatale Auswirkungen haben. Wäre Marie wirklich eine tolle Frau, würde Sie das wissen."

Sven Posch lächelte amüsiert. „Vielleicht war Jesus Christus berufen", sagte er belustigt, „wäre möglich. Vielleicht aber auch nicht. Sie, liebe Frau Braun, haben eine Aufgabe, mehr aber auch nicht."

„Ich habe noch eine Bedingung", sagte Marie Storm emotionslos.

Paul zog die Augenbrauen zusammen. Marie hatte seit Jahren auf Bedingungen verzichtet, als hätten sie etwas Ungehöriges an sich. Sie hatte Wünsche geäußert, Vorschläge gemacht, das ja, aber Bedingungen hatte sie nie gestellt.

Ehe er antworten konnte, sagte Marie:" Wir reden nicht mehr über den Blödsinn, über den wir seit zehn Jahren reden."

Paul Storm war darauf geschult, in kritischen Situationen ruhig und gelassen zu reagieren. Deeskalierend stand im Ausbildungshandbuch. Sprüche wie: *Zuerst werden wir uns alle mal schön beruhigen*, gehörten zu seinem Standartprogramm, auf das er gewöhnlich zugriff, wie ein Pastor auf den passenden

Spruch aus der Heiligen Schrift. Sein Verstand schlug bereits die richtige Seite auf, suchte nach dem richtigen Absatz, als die letzten Worte seiner Frau einen Gedanken in ihm auslösten, der ihn zutiefst erschreckte. Er hatte Marie in diesem Moment verloren.

„Ich versteh nicht", meinte er ausweichend, statt irgendeinen dämlichen Spruch aus dem Handbuch aufzusagen, „welchen Blödsinn meinst du? Wir haben immer versucht…!

Marie unterbrach ihn trocken und hart. „Halt den Mund, Paul, bitte halt den Mund."

Nora Braun plumpste mit einem hässlichen Geräusch in ihren dünn gepolsterten Bürostuhl. Ihr stark geschminkter Mund stand halb offen, sie japste nach Luft wie ein Fisch auf dem Trockenen. Eine fahle, gelbstichige, beinahe durchsichtige Blässe überzog ihr glänzendes Klarlackgesicht.

Sven Posch trank einen Schluck kalten Kaffee, dünn wie Seidenpapier und genauso schmackhaft.

„Lassen sie gefälligst Jesus Christus aus dem Spiel", polterte Nora aufgeregt, „er ist nur ein Geist, genau wie Marie Storm."

Sein Gesichtsausdruck ließ vermuten was er dachte: *Ich glaube sie hat den Verstand verloren.* Als Polizist dachte Sven Posch zuerst rational; sein Verstand war auf Tatsachen programmiert. Mit spirituellem Schnickschnack, ähnlich dem was Nora Braun gerade von sich gegeben hatte, konnte er nichts anfangen. „Ein Geist also", meinte er belustigt, „Marie Storm ist also ein Geist." Er deutete durch das schmale Bürofenster auf die Terrasse hinaus. „Mein Kollege da draußen spricht in diesem Moment also mit einem Geist. Nicht mit seiner Frau, nicht mit einer ihrer Mitarbeiterinnen, sondern mit einem bösen, bösen Geist."

Nora Braun lächelte vielsagend. „Mit einem Poltergeist, um genau zu sein, das ist ein feiner Unterschied." Ihr Lächeln wurde zu einer kalten Grimasse.

Sven Posch, unverheiratet, kinderlos und vor einigen Monaten durch ein Disziplinarverfahren wegen Alkohol im Dienst aufgefallen, wünschte sich in diesem Moment einen Drink aus der Feuerwehrspritze. Scheiß auf die enthaltsame Zeit, dachte er locker, ab und zu braucht ein Mann einfach eine ordentliche Dröhnung.

„Ist das so etwas wie ein Gespenst?"

„Nein", entgegnete Nora Braun, „ganz und gar nicht."

„Vielleicht ein Dämon, ein…äähh…übersinnliches Wesen mit schrecklichen Phantasien?"

„Keineswegs", erklärte sie sachlich, „wo denken sie hin!" Ihr Gesicht entspannte sich zusehend, bis es beinahe weich und anziehend wirkte. „Poltergeistern wird nachgesagt, dass sie sich in Häuser und regelmäßig besuchte Gebäude einnisten. Sie schikanieren Bewohner und Besucher durch diverse Geräusche oder bewegte Gegenstände."

Der Wunsch nach einem hochprozentigen guten Freund, wurde mit jeder Sekunde ausgeprägter. Er lächelte amüsiert. „Hab ich nicht gesagt, dass Marie eine tolle Frau ist?"

„Hören sie auf dumme Witze zu machen", sagte Nora Braun aufgebracht. „Marie Storm hat sich vor zwei Jahren, aus heiterem Himmel, in dieses Haus eingenistet, wie ein Poltergeist. Verstehen Sie? Sie hat alles an sich gerissen, besonders die Kinder. Die meisten lieben sie abgöttisch, wollen inzwischen nur noch mit ihr spielen, lachen, basteln, Händchen halten und kuscheln. Mich schieben sie mal hierhin mal dorthin, wie einen Gegenstand. Sie scherzen über mich, und sie machen hinter meinem Rücken ordinäre Geräusche."

Sven Posch dachte an seinen Kollegen Paul, dessen Frau Marie und an die Leiterin eines Kindergartens die keine Witze mochte. Und keine Poltergeister.

„Möchten sie Anzeige erstatten, Frau Braun, wegen der ordinären Geräusche oder…?" Er verstummte, verärgert über sich selbst und über das dumme Frage und Antwortspiel, auf das er sich in den letzten Minuten eingelassen hatte. „Es tut mir leid, ich wollte Ihnen nicht zu nahe treten. Aber könnte es vielleicht sein, dass sie in Marie einfach nur eine ernsthafte Konkurrentin sehen, die sie unter allen Umständen loswerden wollen? Sie glauben doch nicht wirklich an das Märchen vom Poltergeist?"

Die fahle Blässe im Gesicht von Nora Braun, wurde von einer fiebrigen Röte überdeckt. Sie entstand fleckig am Hals, färbte ihre Wangen vollständig ein und verschwand unter dem Haaransatz über pochenden Schläfen. Ihre Atemzüge klangen unkontrolliert. Als sie sich ihrer Veränderung offenbar bewusst wurde, senkte sie den Kopf und schloss für eine Sekunde die Augen.

Sie sprach ruhig, aber ihre Stimme klang anklagend. Sven konnte die aggressiven Töne darin sehr genau herausfiltern. Während seiner Ausbildung, und weit darüber hinaus, war er immer wieder über ähnliche Klänge gestolpert. Seit er Polizist im Streifendienst und überführter Alkoholsünder mit anhängigen Disziplinarverfahren war, gehörten sie zum seinem Alltag.

„Es ist leider alles andere als ein Märchen, Herr Posch. Der Poltergeist in Marie Storm ist unübersehbar."

„Ich verstehe immer noch nicht", sagte Paul Storm aufgebracht. Seine Frau Marie richtete sich langsam auf. Paul folgte ihrer vorgegebenen Bewegung in synchronem Gleichklang, ohne sich dessen vollständig bewusst zu sein. Für einen kurzen Moment standen sie sich auf der obersten Stufe der kurzen Steintreppe wortlos gegenüber.

„Ich bin bis zum Wochenende bei Sarah", brach Marie das ungewollte Schweigen. „Bei Nora hab ich mich für den Rest der Woche abgemeldet. Sie wird erleichtert sein, da bin ich mir ganz sicher. Ich glaube, sie hält mich für einen Eindringling, du weißt was ich meine!"

Er ließ ihre Frage unbeantwortet. Sarah und Marie verbrachten manchmal ein paar Tage zusammen, das war nicht ungewöhnlich. Frauentage nannten sie die Zeit ohne Männer übermütig, nötig um dem Alltag einen neuen Takt zu geben.

„Ist das nur eine Auszeit?" Paul klang unsicher. „Früher hörte sich das anders an."

„Ich bin bereits einen Schritt weiter", sagte Marie bestimmt, „ich werde immer sicherer."

Paul nickte verständnisvoll. „Ich werde Simon anrufen, er wird die Situation verstehen." Selbstverständlich würde Simon die Situation nicht verstehen, auch wenn die Abnabelung von seinen Eltern in vollem Gange war. Seine Gleichgültigkeit nahm hin und wieder erschreckende Formen an. Nach zehn Jahren Zigeunerleben, hatte er seinen Eltern nur noch wenig zu sagen. „Samstag, gegen Zwanzig Uhr, ist Dir das recht? Ich werde eine Pizza besorgen. Du weißt, Simon mag….!"

„Einverstanden", sagte Marie kühl.

Das Gefühl, seine Frau an diesem Morgen endgültig und unwiederbringlich zu verlieren, übermannte ihn so plötzlich, wie die gelegentliche spürbare Angst vor einem extrem gefährlichen Einsatz. Vielleicht war seine Sorge unbegründet – Sarah wohnte praktisch um die Ecke - und bis Samstag waren es nur drei Tage, aber das Gefühl war so stark, dass er Maries entschlossenen Blick nur mit großer Willenskraft erwidern konnte.

Die erschreckende Selbstverständlichkeit mit der Nora Braun über ihre Mitarbeiterin Maria Storm urteilte, verunsicherte Sven Posch. Was, zum Teufel, veranlasste die langjährige Leiterin eines städtischen Kindergartens, ihre Kollegin mit einem Poltergeist in Verbindung zu bringen, und das mit einer Ernsthaftigkeit die erstaunlich war? Sie schien keinerlei Zweifel zu hegen und schreckte auch nicht davor zurück, einen neutralen, stets vorurteilsfrei denkenden und alle bekannten Fakten gewissenhaft abwägenden Polizisten, davon in Kenntnis zu setzen. Vielleicht war sein erster Eindruck, absolut falsch gewesen. Nora Braun wollte möglicherweise doch nicht nur eine lästige Konkurrentin loswerden, wie er bisher vermutet hatte. Möglicherweise fürchtete sie sich tatsächlich vor einer ernsthaften Bedrohung, vor etwas Unsichtbarem, das sie, in Ermangelung einer exakteren Einordnung, mit dem Begriff Poltergeist umschrieb.

Vielleicht ist sie aber auch nur eine durchgeknallte langjährige Leiterin eines städtischen Kindergartens, die langsam den Verstand verliert, dachte er plötzlich gewissenhaft.

„Ich bin Polizist, Frau Braun" sagte er nachdenklich, „ich bringe alte Damen über die Straße und bekomme manchmal einen Knüppel übergezogen. Einfach deshalb, weil ich Polizist bin. Dann nehme ich ein Aspirin, kotze in einen Blecheimer und zieh mir ein frisches Hemd über. Genau wie Sie, habe ich eine Aufgabe, sicher keine Berufung. Ich versuche mein Bestes zu geben, Frau Braun, genau wie Sie. Aber mit Poltergeistern hab ich nichts zu schaffen.

Ich bin keineswegs sicher, ob es sie überhaupt gibt."

Bevor Nora Braun antworten konnte, hob er abwehrend die Hände. „Mir fehlt ein Beweis", fuhr er fort, „Vermutungen zählen in meiner Welt nicht. Haben Sie den Typen, ich meine diesen Poltergeist, jemals gesehen, ein Wort mit ihm gewechselt, eine Tasse Kaffee mit ihm getrunken?"

Er erwartete, Nora würde wieder an die Decke gehen, wie vor ein paar Minuten, überraschend impulsiv. Aber sie lächelte nur kurz, wurde sofort wieder ernst und sah ihn aus blitzenden Augen an. „Ich übertreibe nicht, Herr Posch", sagte sie seltsam eintönig.

„Das habe ich nicht behauptet."

„Nein, aber vielleicht angedeutet?"

„Nicht einmal das", sagte Sven sachlich. „Ich suche nach Fakten, mehr ist da nicht."

Nora lächelte wieder, irgendwie ausweichend. Ein flüchtiges Lächeln, das die Menschen oft als Schutzschild benutzen, wenn sie unsicher und unentschlossen sind. Sie erhob sich, ging an ihm vorbei zur Tür und warf einen prüfenden Blick den langen Gang hinunter. Eine bunte Mischung lauter

Kinderstimmen drang aus dem großen Spielzimmer. In der Küche, am Ende des Ganges, lief surrend ein Elektrogerät. Tina, die mazedonische Köchin, war offenbar mit der Zubereitung des Mittagessens beschäftigt. Nora Braun schloss sorgfältig die Tür, überprüfte mit einem langen Blick ob auch das Fenster zur Terrasse richtig geschlossen war und forderte Sven Posch auf, ihr in die Ecke, zu einem Sekretär in unmittelbarer Nähe der abgenutzten, billigen, dreisitzigen Polstergarnitur zu folgen.

„Dieser Sekretär ist ein Andenken an die erste Leiterin des Kindergartens" sagte sie ehrfurchtsvoll. „Wie Sie sehen, passt er nicht wirklich zu den anderen Möbelstücken. Akazie, Massivholz, etwa hundert Jahre alt, steht in der Expertise, was immer das auch bedeuten mag. Wie Sie sehen, behandeln ihn mit Achtung. Sein Platz ist sicher."

Das Teil aus sorgsam poliertem dunklem Holz, etwa eine lange Armspanne breit, stand auf vier ver-schnörkelten, leicht nach außen gebogenen dünnen Beinchen. *Storchenbeine*, dachte Sven impulsiv, *jedes der Kinder aus dem Spielzimmer, könnte es zu Fall bringen.* Er unterdrückte ein Lächeln und wischte vorsichtig mit den Fingerspitzen der rechten Hand über die an manchen Stellen stark abgenutzte Arbeitsfläche. In die Rückfront waren zwei Dreierreihen übereinanderliegender kleiner Schubläden mit geschwärzten Messinggriffen eingefügt. Rechts daneben befanden sich einige offene Ablagefächer und ein weiteres, allerdings verschlossenes Fach, hinter einem quadratischen Türchen mit einer gerahmten Glasscheibe in der Mitte. Auf der linken Seite bemerkte Sven ein zusätzliches Fach, völlig anders als die rechtwinkligen Fächer in der Rückfront. Es war umschlossen von einem im Viertelkreis von der Arbeitsplatte zur Rückwand führenden Rollladen. Eine Art Jalousie aus schmalen hölzernen Stäben, etwa fingerdick, sorgsam verarbeitet. Sie stand ein kleines Stück offen. Sven konnte eine messingfarbene Schlossblende erkennen. Ein abgenutzter Metallhaken ragte aus dem unteren Ende des Rollladens. Das passende Gegenstück war bündig mit der Tischplatte verschraubt.

„Der Sekretär ist eigentlich nicht mehr in Gebrauch", erklärte Nora Braun.

Sven Posch nickte ungewollt. Dass sämtliche einsehbaren Fächer leer waren, hatte er längst bemerkt. Auch der Rest des Sekretärs schien seit langer Zeit unbenutzt. Nora bestätigte lediglich das, was er bereits fachkundig erkannt hatte. Da waren keine Schreibstifte über die Arbeitsplatte verteilt, kein Stück Papier abgelegt, keine unerledigte Korrespondenz, nichts was auf irgendwelche Tätigkeiten hinwies, denen jemand dort nachging. Nicht einmal Staub in kleinsten Dosierungen war darüber verteilt. Der Sekretär war lediglich das sorgsam gepflegte Denkmal einer, aus welchem Grund auch immer, sentimentalen Verehrung für eine längst abgetretene ehemalige Leiterin eines Kindergartens, die ein Faible für historische Möbelstücke hatte.

Nora Braun zog einen neuen Bleistift aus der Brusttasche ihrer Jacke und deutete damit auf das etwa einen halben Meter breite Rollladenfach. Die schmale Öffnung zwischen letzter Lamelle und Arbeitsplatte ließ nicht erkennen, was sich in dem abgedunkelten Fach befand. „Ich werde den Rollladen jetzt für Sie öffnen", sagte Nora nachdrücklich. „Dahinter befindet sich eine Geldkassette. Manche

Eltern ziehen es vor die Kindergartenkosten in bar zu bezahlen. Ein überzogenes Bankkonto womöglich, vielleicht auch nur falsche Scham, oder ein kümmerlicher Rest Stolz. Wer weiß das schon so genau?"

Sven Posch nickte verständnislos. In den mittlerweile fünfzehn Jahren, seit er die Polizeiuniform trug, hatte er eines gelernt: Menschen verhalten sich nicht seltsam, weil sie sich seltsam verhalten *müssen*. Sie *wollen* sich seltsam verhalten. Deshalb interessierten ihn die Zahlungsvorlieben mancher Eltern proportional weniger als eine Tasse lauwarmer Hundepisse. Er nickte noch einmal. „Durchaus nachvollziehbar, die Zeiten sind unruhig, verstehen Sie was ich meine?"

„Ich glaube nicht", antwortete Nora abwartend. Der philosophische Unsinn aus dem Mund ihres Gesprächspartners, traf sie völlig unvorbereitet. „Wollen wir weitermachen?"

„Natürlich". Sven Posch lächelte verführerisch.

Nora schob das Bleistiftende durch den schmalen Spalt zwischen Arbeitsplatte und Rollladen und schob ihn langsam nach oben. Der höchste Abschnitt verschwand Lamelle für Lamelle leise ächzend in den unsichtbaren Tiefen der schubladenbestückten Rückwand. Als das Fach bis zur Hälfte offenstand, wurde eine knallrote Geldkassette sichtbar. Standardausführung, ordnete Sven Posch das Teil fachmännisch ein. Es gab flächendeckend tausende von den Dingern, in allen möglichen Farben und Größen. Die übertriebene Vorsicht mit der Nora Braun zu Werke ging blieb ihm nach wie vor unerklärlich.

„Sie sprachen vorhin von einem fehlenden Beweis", sagte Nora Braun, „von ihrer Welt, in der nur Fakten zählen. So war es doch, oder?"

„Exakt, mit Vermutungen kann ich nichts anfangen".

„Schön", antwortete Nora, „Sie sollen ihren Beweis haben. Der Poltergeist in diesem Haus ist bereit für Sie".

Paul Storm wollte Zeit gewinnen. Er wählte die Handynummer seines Sohnes Simon jetzt schon zum wiederholten Mal. Nichts, nur wieder diese Blecheimerstimme die ihm unbeteiligt mitteilte, dass der Anschluss momentan nicht erreichbar sei.

Vermutlich ist Simon in einer Vorlesung, oder einer rauschenden Chrystal-Meth-Party dachte er anklagend. Seine ganze Familie schien den Verstand verloren zu haben. Ganz besonders das männliche Oberhaupt Namens Paul Storm. Als ob das nicht genug wäre, wurde seine Frau Marie unmissverständlich beschuldigt mit einem Poltergeist schwanger zu gehen. Einfach so, nur weil sie es verschusselt hatte eine dämliche Kakaokanne richtig zu schließen.

Marie hatte sich einfach mal wieder nicht ganz sicher gefühlt, das war alles.

Scheiß auf den Poltergeist!

Nora klopfte mit dem Bleistiftende ein paarmal auf den Deckel der roten Geldkassette. „Herr Posch, würden Sie das Ding bitte für mich aus dem Fach nehmen und es auf meinen Schreibtisch stellen."

„Wie bitte?" Sven Posch wirkte sichtlich verunsichert.

Nora Braun verschwand hinter dem Schreibtisch und ließ sich in den billigen Bürostuhl fallen. „Die Kassette", sagte sie leise, „ich möchte, dass Sie mir die Kassette bringen. Einem Mann wie Ihnen dürfte das nicht sonderlich schwer fallen. Oder sollte ich mich so in Ihnen getäuscht haben?"

Seine aufkommende Ratlosigkeit stand Sven Posch plötzlich überdeutlich ins Gesicht geschrieben. Die Selbstsicherheit, mit der er gewöhnlich schwierige Situationen meisterte, war wie weggewischt. Das Wort *Poltergeist* hämmerte durch seinen Verstand. Das verschwommene Gesicht von Marie Storm tauchte vor seinem geistigen Auge auf. Ein schiefes, mitleidloses Lächeln stand auf ihrem blutleeren Mund. Er schickte einen kurzen Blick auf die Terrasse hinaus, konnte aber keine Spur von seinem Kollegen Paul und dessen Frau entdecken.

Unversehens erinnerte er sich an etwas, was Nora Braun über Poltergeister gesagt hatte: *„Sie schikanieren Bewohner und Besucher durch gewisse Geräusche und bewegen Gegenstände."*

Gegenstände?

Eine Geldkassette ist doch auch nur ein verdammter Gegenstand, oder?

„Frau Braun", sagte er unwirsch, „was soll das werden? Ich bin nicht gekommen um irgendwelche

Spielchen zu spielen. Ein Geist, eine Geldkassette, ein bisschen heißer Kakao, ein paar vage Andeutungen, das alles ist nichts für mich. Ich denke Sie sind durchaus in der Lage....

„Haben Sie Angst, Herr Posch?" Nora Braun lächelte einen Moment herausfordernd. Dann veränderte sich ihr Gesicht in eine Art wachsbleiche Maske. Es verlor jeden natürlichen Glanz und die letzten Spuren von weiblicher Anziehungskraft. Plötzlich war Nora Braun eine seltsam hässliche Frau. „Ja, ich glaube, sie haben wirklich Angst!"

Sven schüttelte kurz den Kopf. Auf Situationen wie diese war er trainiert worden. Nora Braun setzte den Hebel eindeutig an der falschen Stelle an. Er deutete auf den offenen Rollladen und die deutlich sichtbare rote Geldkassette. „Wissen Sie, was mein Ausbilder immer zu mir gesagt hat, Frau Braun?"

Nora schaute ihn ausweichend mit weit geöffneten Augen an.

„Er sagte" fuhr Sven fort, „Angst ist nur ein Mangel an Information. Wer eine Situation richtig einschätzen kann, muss keine Angst haben."

Ihr Gesicht verfinsterte sich. „Blödsinn" fauchte sie

böse, „absoluter Blödsinn. Wir sind hier nicht auf dem Kasernenhof, sparen Sie sich ihr hartgesottenes Getue. Ich will die Kassette. Los, machen Sie schon." Sie sprang überraschend behände auf und packte mit beiden Händen seinen rechten Arm. „Tun sie es, holen Sie die Kassette aus dem Fach. Ich bitte Sie. Eine leichte Aufgabe, Polizist, so eine leichte Aufgabe." Am Ende war ihre Stimme nicht mehr böse gewesen. Sie hatte wie das Grollen eines nahen Unwetters geklungen.

Sven Posch schob ihre Hände zur Seite und drückte Sie sanft zurück in den billigen Bürostuhl. *Eine leichte Aufgabe*, hatte sie gesagt, *so eine leichte Aufgabe.* Und Sie hatte Ihn herausfordernd *Polizist* genannt. Was immer diese Frau beabsichtigte, es wurde Zeit, die Sache zu beenden.

Er zog den Schreibstift aus der Brusttasche ihrer Jacke. Sie ließ es widerstandslos geschehen. Mit einer entschlossenen Bewegung schob er den Rollladen vollständig auf, bis er beinahe in der Rückwand des Sekretärs verschwunden war. Außer der roten Geldkassette, war das Fach vollkommen leer. Vor dem farblosen dunklen Hintergrund, strahlte die Kassette wie ein riesiger, sorgsam polierter Edelstein. Ein feuerroter Rubin im Ziegelsteinformat. Er wusste, dies war ein ganz und gar verrückter Gedanke, aber er genoss ihn für einen Augenblick als wäre er vollkommen logisch.

Sein Plan war einfach. Rein greifen, zupacken, nicht wieder loslassen, fertig. Ja, zum Teufel, die durchgeknallte Lady hatte recht: *So eine leichte Aufgabe, Polizist, so eine leichte Aufgabe.* Noch bevor der Gedanke gänzlich abklang spürte er, dass es so *einfach* nicht werden würde. Etwas würde schieflaufen, ganz gewaltig schieflaufen. Nora Braun hielt noch eine Überraschung für ihn parat. Oder Marie Storm, oder der verdammte Poltergeist, der bis zu diesem Augenblick seinen Arsch schön in Deckung gehalten hatte.

„Warum willst Du Simon unbedingt dabei haben", fragte Paul Storm? Er hatte seinen Sohn, nach einigen vergeblichen Versuchen, zwischen zwei Vorlesungen doch noch erreicht und den kommenden Samstagabend für sich und Marie als absolut dringenden Gesprächstermin reserviert. Simon war alles andere als erfreut gewesen, aber Paul hatte mit Nachdruck darauf bestanden.

Marie Storm senkte den Kopf. „Ich habe herausgefunden", antwortete sie selbstsicher, „dass nicht ich das Problem bin, sondern Du und Simon. Genau darüber werden wir reden müssen. Simon, Du und ich, ein letztes Mal."

„Was meinst Du damit", fragte er aufgewühlt, „ein letztes Mal?"

„Ich meine damit, dass ich in Zukunft meinen eigenen Weg gehen werde", antwortete Marie Storm. „In den vergangenen Jahren haben Du und Simon euch gegenseitig übertroffen, mir alles abzunehmen, was mich möglicherweise belasten könnte. Aber ihr habt es nicht aus Liebe zu mir getan. Ihr habt es getan, weil ihr euch gegenseitig übertreffen wolltet. Ihr habt um mich gekämpft wie man um eine Trophäe kämpft."

Sven Posch hielt mit der linken Hand den Rollladen offen, während sich seine rechte Hand langsam der roten Geldkassette näherte. Die einzelnen Holzleisten des Rollladens fühlten sich irgendwie instabil an, als hätten sie die Verbindung zueinander verloren. Der abgenutzte Metallhaken an der Stirnseite der Schließvorrichtung und der messingfarbene Haltegriff, eine Handbreit weiter oben, drückten schmerzhaft in die Innenfläche seiner linken Hand. Je weiter sich seine rechte Hand der Kassette näherte, desto stärker wurde der Druck auf die andere Hand. Als seine Finger die Geldkassette flüchtig berührten, spürte er ein leichtes Zittern durch den Rollladen laufen. Der Schließhaken drückte jetzt so stark in seinen Handballen, dass der Schmerz mit jeder Sekunde heftiger wurde. Die ersten Glieder seiner überdehnten Finger, umschlossen krampfhaft den gebogenen messingfarbenen Haltegriff. Er fühlte sich an wie brüchiges Kristallglas, nicht metallisch glatt, sondern scharf und rissig. Kantige Splitter schnitten blutige Wunden in die weichen Hautfalten der Fingergelenke. Er sah ein kleines blubberndes Blutgerinnsel zwischen den Knöcheln seiner geschlossenen Finger hervorquellen. Die Muskeln in seinem Unterarm zuckten unter braungebrannter Haut, als hätten sie ein eigenständiges Leben entwickelt. Hin und wieder starken Belastungen ausgesetzt, achtete Sven Posch ganz bewusst auf einen allgemein guten körperlichen Zustand. Fitness und sorgfältiger Umgang mit schädlichen Einflüssen, sollten nach seiner Meinung, zum Routineprogramm eines guten Polizisten gehören

So eine leichte Aufgabe, Polizist, so eine leichte Aufgabe.

Er stützte den Ellenbogen auf die Arbeitsplatte des Sekretärs, und hoffte, so dem Druck des Rollladens mehr Widerstand entgegensetzen zu können. Der Gedanke, dass Nora Braun, oder Marie Storm, oder der unsichtbare Poltergeist noch eine Überraschung für ihn bereithalten könnten, war inzwischen zur unumstößlichen bitteren Wahrheit geworden. Er, Sven Posch, aufgefallen wegen einer alkoholischen Kursabweichung, aber fit wie ein Anabolikapräparat, kämpfte einen Kampf mit einem fünfzig Zentimeter breiten Rollladen aus fingerbreiten Holzstäbchen. Und, was noch viel schlimmer war, er war drauf und dran, diesen Kampf haushoch zu verlieren. Die ersten blutigen Wunden, hatte er bereits davon getragen.

Für einen Moment, tauchte das blasse Gesicht von Marie Storm vor ihm auf. Ihr ungewöhnlich tiefroter Mund lächelte verführerisch. Ihr Kopf war ein wenig zur Seite geneigt. Der sonst üblicherweise sanfte Ausdruck in ihren Augen, war einem bösen Funkeln unter halb geschlossenen Lidern gewichen. Niemals zuvor hatte er Marie so gesehen, sie hatte sich vollständig verändert. *„Lass einfach los, Sven“*, sagte sie mit weit entfernter Stimme, *„lass einfach nur los. Er ist stärker als du, viel stärker."*

Wer, wollte er fragen, wer ist stärker als ich. Aber erkannte die Antwort bereits.

„Nora Braun hat recht“, fuhr Marie Storm fort, *„es ist eine unglaubliche Kraft in diesem Haus, versteckt in jeder der unzähligen Ecken, in jeder Schublade, in jedem Fach, vielleicht sogar in mir. Sie ist unbeschreiblich mächtig."*

Auf der anderen Seite des Maschendrahtzauns, hinter einer ungleichmäßig hohen Reihe Gartensträucher, erklang durch eines der offenen Fenster im ersten Stock des Gymnasiums, erneut ein Stück klassische Musik, in dem die Bläser eindeutig die

Herrschaft über das musikalische Szenario übernommen hatten. Marie und Paul Storm lauschten eine Minute aufmerksam den jammernden Hörnern und den schneidenden Tonfolgen der Trompeten und Flöten. Dann wandte Marie sich an ihren Mann und sagte sachlich: „Ich glaube Sven ist in Schwierigkeiten, du solltest nach ihm sehen."

Sven Posch verpasste den Moment, an dem er unbeschadet aus der Geschichte herausgekommen wäre, um einen winzigen Augenblick. Der Druck auf seine offene, blutende Handfläche, war inzwischen so stark geworden, dass er dem Rollladen nur noch mit äußerster Kraftanstrengung Paroli bieten konnte. Als er gedanklich beschloss den Kampf aufzugeben, war es bereits zu spät. Der Haken der Schließvorrichtung drang tief in seinen Handballen ein und zerquetschte weiches Fleisch und feinste Blutgefäße zu einem rot gefärbten dünnen Brei. Der Schmerz war spürbar, aber erträglich. Die Tatsache, dass er die Kraftprobe gegen einen dämlichen Rollladen verloren hatte, empfand er als surreal und unglaubwürdig. Denn diese Niederlage war wirklich schlimm, viel schlimmer als der Schmerz.

Er reagierte instinktiv, entgegen zahlreicher Anweisungen, die ihm seine Ausbilder in der Polizeischule, wortgewaltig mit auf den Weg in den polizeilichen Alltagstrott gegeben hatten. Mit einem kraftvollen Ruck, als würde ein Angler den Haken aus dem Maul eines Raubfisches zerren, befreite er seinen verletzten linken Handballen aus den Fängen des Schlosshakens und versuchte dabei erfolgreich einen schmerzverzerrten Schrei zu unterdrücken. Was er jetzt am wenigsten brauchen konnte, war eine Schar dumm glotzender Kinder und eine kreischende Köchin aus Mazedonien die dadurch unvermeidlich in der offenen Tür aufgetaucht wären. Ein lauter Schrei am frühen Morgen hätte sie unweigerlich angelockt. Die verbliebene Wunde in seinem Handballen sah ausgefranst und merkwürdig zerfetzt aus. Sie war nicht sehr lang, aber sie blutete stark. Eine rote Blutspur lief seinen kompletten Unterarm entlang und tropfte ab der Spitze des Ellenbogens in dicken Tropfen auf die blankpolierte Arbeitsplatte des Sekretärs.

Seine rechte Hand steckte nach wie vor tief in dem

immer noch offenen Rollladenfach und umklammerte die glänzende rote Geldkassette. Der Rollladen, an seinem unteren Ende mit einem abgenutzten Schlosshaken bewaffnet, krachte mit unglaublicher Wucht auf den Unterarm von Sven Posch, schlug auch dort eine klaffende Fleischwunde und zerschmetterte seinen Ellen- und den Speichenknochen zu einem scharfkantigen Knochenbrei.

Nora Braun sprang auf die Beine und schrie, als habe sie jede Kontrolle über sich verloren.

Zwei Tage später, samstagabends kurz vor 20 Uhr, saßen Marie Storm und ihr Mann Paul auf der Terrasse ihres Hauses und tranken je ein Glas trockenen Pfälzer Weißwein. Simon, ihr gemeinsamer Sohn, ließ wie immer auf sich warten. Ein Privileg der Jugend, das er als Teilnehmer am öffentlichen Bahnverkehr hin und wieder schamlos ausnutzte.

„Wie geht es Sven?", fragte Marie. „Sein Arm sah schrecklich aus."

Paul stellte sein halbvolles Glas zur Seite. „Man hat ihn mühselig wieder zusammen geflickt. Die Ärzte sagen, so eine Verletzung hätten sie nie zuvor gesehen. Seine Knochen waren praktisch völlig zersplittert. Er wird nie wieder der Alte werden".

„Nora sagt er sei gestürzt und mit dem Arm unglücklich auf die Kante des alten Sekretärs geknallt."

„Ja, ich weiß", stimmte Paul zu, „Sven hat ähnliches erzählt. Aber….

„Aber was?" Es klang nicht, als würde Marie ihrem Mann eine Frage stellen. Es klang, als würde sie ihn auffordern endlich die Wahrheit zu sagen. „Du glaubst ihm nicht?"

„Nein", sagte Paul Storm, „ich glaube ihm nicht. Und auch nicht Nora Braun. Die Beiden erzählen Blödsinn. Sven springt angeblich auf, weil er eines der Kinder schreien hört. Sein Fuß verfängt sich in einer Teppichfalte. Er verliert das Gleichgewicht und stürzt auf den Sekretär. Knochen splittern, Ende der Geschichte."

„Klingt absolut glaubwürdig", urteilte Marie sachlich.

„Ja ja, ganz genau", stimmte Paul aufgebracht zu, „glaubwürdig ist der richtige Ausdruck. Es muss einfach nur glaubwürdig klingen, nachvollziehbar, einleuchtend. Unser Chef, die Typen von der Versicherung, die Medien, alle müssen es glauben. Es darf keinen Zweifel geben, verstehst Du?"

„Nein", sagte Marie Storm, „ich verstehe nicht."

„Ich glaube, du verstehst sehr gut", widersprach Paul seiner Frau", Paul konnte die wahre Geschichte nicht erzählen. Niemand hätte sie ihm geglaubt, hinterher wäre er völlig erledigt gewesen. Ein Polizist, der plötzlich durchgedreht, dienstlich überfordert, vermutlich eine Spur hochprozentigen Alkohol im Blut, das kennt man ja bei ihm. Ganz genau so und nicht anders, hätte man ihn öffentlich dargestellt."

„Bis vor einigen Wochen, hat er wirklich etwas zu viel getrunken", sagte Marie.

„Mag sein", entgegnete Paul, „aber die wahre Geschichte ist eine ganz andere. Sven wurde in diese blöde Scheiße hineingetrieben. Ich habe mit ihm kurz gesprochen, ehe man ihn in den Operationssaal gebracht hat. Er war schon ein Stück auf dem göttlichen Trip ins Vergessen, aber das Wort Poltergeist habe ich mehrmals ganz deutlich verstanden."

„Poltergeist?"

„Genau. Sven sagt, er habe mit ihm gekämpft".

Marie Storm lächelte amüsiert. „Und du glaubst Ihm?"

„Ja Marie, ich glaube ihm". Paul Storm war die Ruhe selbst. „Ich glaube ihm deshalb, weil ich der Meinung bin, dass auch Du seit zehn Jahren gegen ihn kämpfst. Du wusstest damals, vor zwei Tagen, dass Sven in Schwierigkeiten steckt. Du wusstest es, ehe es geschah. *Ich glaube Sven ist in Schwierigkeiten, du solltest nach ihm sehen.* Genau das waren deine Worte, ich erinnere mich ganz genau. Du wusstest was geschehen würde, bevor es wirklich geschah."

„Dann bin ich wohl der Poltergeist", lächelte Marie vielsagend.

„Ja", sagte Paul Storm bitter, „vielleicht bist Du das."

- ENDE-